Akademie der Nekromanten

Die Steine von Amaria Buch 1

Lindsey R. Loucks

Akademie der Nekromanten

Autor: Lindsey R. Loucks

Umschlaggestaltung: Danielle Fine

Die originalausgabe erschien 2019 unter dem Titel "Necromancer Academy."

Autor: Lindsey Loucks

2950 NW 29th Ave, STE A624925

Portland, OR 97210

United States

lindsey@lindseyrloucks.com

KAPITEL EINS

ICH HÄTTE NIE GEDACHT, dass ich mich eines Tages mit der Hand eines toten Mannes in meiner Tasche auf einem nach Ziegen stinkenden Boot wiederfinden würde, das mich einen Schritt näher an einen Mord brachte. Das Leben hatte mir in letzter Zeit einige unerwartete Wendungen beschert, die mich von innen heraus unwiderruflich verändert und mein Fundament zersplittert und gebrochen hatten. Verschwunden war das Mädchen, das morgens nach dem Aufspringen aus dem Bett sofort zu singen begann, das zu zufälligen, oft unangemessenen Zeiten in die Hände klatschte und das vor Glück trunken war.

Dieses Mädchen war tot. Sie war zusammen mit ihrem Bruder gestorben.

Ich war nur noch eine Hülle dieses Mädchens, ein Geist, ein leeres Gefäß, dessen Herz zermalmt worden war. Nicht nur einmal, sondern immer und immer wieder, seit es passiert war. Also umwickelte ich mein Herz fest mit dorniger Wut, flüsterte einen Zauberspruch und erweckte es wieder zum Leben. Bald würde es sich durch meine Brust fressen und meinen Feind verschlingen.

Aber im Moment konnte ich mich wegen des überwältigenden Ziegengeruchs kaum auf irgendetwas konzentrieren.

„Aura flare", flüsterte ich in die brüchigen Seiten des alten Buches, das ich hielt.

Der leiseste magische Windhauch strich über die Köpfe aller in den Sitzreihen vor mir hinweg. Nicht die Seeluft allerdings, da wir uns im unteren Deck des Bootes befanden. Ein Teenager in der ersten Reihe drehte sich um und warf der Person hinter ihm einen giftigen Blick zu.

Eigentlich tat ich ihm und allen anderen einen Gefallen. Mir auch, da ich versuchte, meine Nase freizubekommen, während ich meine schwarze Magie übte.

„Sicut odor pluviam", flüsterte ich.

Dünne blaue Schwaden, die nach einem Sturm rochen, stiegen unter den Sitzen aller hervor. Sofort roch das Boot tausendmal besser, aber die Schwaden wanden sich weiter nach oben, umschlangen die Beine der Leute und kletterten höher. Filigrane Finger entfalteten sich vor ihren Gesichtern, streckten sich um ihre Hälse und drückten zu.

Oh Mist. Das sollte nicht passieren.

Die Passagiere, die geschlafen hatten, schreckten auf. Alle keuchten, würgten und kratzten an ihren Hälsen.

Ich blätterte hastig durch mein Buch auf der Suche nach einem Gegenzauber, bevor ich alle an Bord umbrachte. Mein Herz raste so laut in meinem Hals, dass ich mich kaum konzentrieren konnte. Meine Augen flogen über Zauberspruch um Zauberspruch, aber keiner machte den rückgängig, den ich gerade gewirkt hatte. Denk nach. Denk nach.

Ich sah auf, um abzuschätzen, wie viel Zeit ihnen noch blieb, und wünschte sofort, ich hätte es nicht getan. Einige Passagiere nahmen bereits eine grauenhafte blaue Färbung an.

Panik schüttelte mich so heftig, dass die Wörter im riesigen Buch der Schwarzen Schatten zu einem wirren Durcheinander verschwammen. Ich wollte nur diejenigen töten, die es verdienten, nicht Leute, die nach Ziegen rochen. Der Regenduft wurde in der Luft immer stärker und wärmer, bis ich Tropfen auf meinem Kopf spürte. Die nebligen Finger wurden dunkel wie ein Gewitter, während sie die Hälse der Menschen fester umschlossen, und teuflische Spitzen wuchsen an den Fingerspitzen wie Krallen.

Ich musste etwas tun. Irgendeinen Gegenzauber oder etwas, um die Magie auf etwas anderes umzuleiten, oder einen Aus-Knopf. Irgendetwas.

Mein Blick blieb an einem Wort hängen: diluti. Wie verdünnen? Gut genug. „Diluti exponentia."

Ein Wasserschwall stürzte von der hölzernen Decke des unteren Bootsdecks herab und durchnässte alle. Die nebligen Würgegriffe lösten sich wie Wolken auf und verschwanden. Die Passagiere sogen gierig Luft ein, husteten und atmeten noch mehr Luft ein.

Ich stieß einen kurzen, erleichterten Atemzug aus und sank so tief in meinen Sitz, dass ich hoffte, niemand könne mich sehen. Das stehende Wasser, das ich erschaffen hatte, schwappte mir fast bis zu den Knien. Die brüchigen Seiten des Buches der Schwarzen Schatten waren völlig durchnässt, also war ich vorerst mit der Magie am Ende. Ich stopfte es in meine Umhängetasche und drückte sie an meine Brust, während meine Wangen glühten. Ich hatte diesen Zauber schon oft ohne Probleme ausgeführt, sowohl in der weißmagischen als auch in der schwarzmagischen Version, zwei Seiten derselben Medaille, die genau dasselbe bewirkten. Vielleicht hatte ich mein Latein falsch ausgesprochen, und das Ergebnis war etwas völlig Unerwartetes gewesen. Ich glaubte das aber nicht.

Die Passagiere begannen nun, einander zu befragen, ob sie gesehen hätten, was passiert war. Das Wasser zu unseren Füßen trieb den Ziegengeruch so tief in meine Nase, dass ich ihn schmecken konnte. Mein Magen drehte sich bei diesem Gedanken um, und dann noch einmal, als wir mehrere raue Wellen hintereinander trafen. Wir mussten uns der Eerie Island nähern.

Ich wrang das Wasser aus meinen Haaren und beobachtete, wie etwas von der Kohle, die ich zum Schwarzfärben benutzt hatte, in den See zu meinen Füßen wirbelte. Ehrlich gesagt lief das alles bisher nicht besonders gut. Die Reise zur Nekromanten-Akademie sollte eigentlich der einfache Teil sein. Danach kam der Mord-Teil. Klar, ich sah das Problem darin, jemanden an einer Schule wie der, zu der ich unterwegs war, zu töten, aber mein Ziel würde tot bleiben. Nicht nur das, sie würden sich wünschen, nie einen Fuß in mein Haus gesetzt zu haben. Dafür würde ich sorgen.

Das Boot wurde langsamer, also näherten wir uns wahrscheinlich dem Dock. Ich war bereit, dort zu sein und für alles, was danach kam. Ich hatte den ganzen Sommer trainiert und Pläne innerhalb von Plänen geschmiedet. Ich würde nicht versagen. Das war ich Leo schuldig.

Ich stand mit den anderen Passagieren auf und bemühte mich, nicht aufzufallen. Einige von ihnen hatten gerötete Augen und manche hatten Blutergüsse in Form von Handabdrücken um ihre Hälse.

Ich zog meinen Umhangkragen hoch und senkte den Blick, während ich murmelte: „Binde dich in Gesundheit, Schütze Geist und Seele auch, Stärke Kraft und Freude, Lass alles sich erneuern." Ein Heilzauber, der nicht im Geringsten Latein war. Das schien sie ein wenig aufzumuntern, und siehe da, er schien nicht aus dem Ruder zu laufen. Noch nicht. Aber dieser Zauber war reine weiße Magie. Vielleicht versuchte das Universum, mir etwas über die Verwendung von Zaubersprüchen aus dem Buch der Schwarzen Schatten zu sagen. Vielleicht würde ich lernen zuzuhören, aber nicht heute.

Das Boot kam schließlich zum Stillstand, und da ich in der letzten Reihe saß, wartete ich, bis alle vor mir ausgestiegen waren. Ihre Beine platschten durch das stehende Wasser und ließen die Wellen gegen meine Knie schlagen. Ich zitterte, aber nicht vor Kälte. Dort, am Bug des Bootes, stand der Kapitän und starrte mich direkt an.

Oh gut. Das wird sicher gut enden.

Nachdem die vorletzte Person vor mir ausgestiegen war, umklammerte ich meine Tasche fester und folgte ihr, das Kinn erhoben. Was wollte der Kapitän schon tun? Mich nach Maraday zurückbringen, weil ich sein Boot und seine Passagiere manipuliert hatte? Er konnte es versuchen, aber nicht viel konnte mich von der Nekromanten-Akademie fernhalten. Ich hatte auf die Zulassung zur Akademie für Weiße Magie verzichtet, um hier zu sein, wobei fast mein gesamtes Schulgeld dort bei der AWM bereits bezahlt war. Mein Geld. Fast jede Münze, die ich seit meinem zehnten Lebensjahr verdient hatte, als ich als Heilerin zu arbeiten begann, und ich konnte dieses Geld nicht zurückbekommen. Denn das würde bedeuten, dass ich die Schule abbrechen müsste, und vorerst wollte ich, dass Mom und Dad dachten, ich hätte meinen Traum an der Akademie für Weiße Magie verwirklicht. Es war das Mindeste, was ich nach allem, was sie durchgemacht hatten, tun konnte, auch wenn diese Fassade nur vorübergehend war.

„Willst du mir ein neues Schiff kaufen?", fragte der Kapitän, als ich näher kam. Sein zotteliges dunkles Haar und sein Bart verdeckten fast das rote Bandana an seinem Hals.

„I-ich weiß nicht, wovon du sprichst."

„Es gibt immer mindestens einen von euch Idioten, der vor jedem Semester an dieser sündigen Schule Ärger macht."

Die Wut in seinem Ton überraschte mich ein wenig, obwohl ich versuchte, es mir nicht anmerken zu lassen. Die Nekromanten-Akademie gab es schon seit Hunderten von Jahren. Ich wusste nicht wirklich, was ich erwarten sollte, da ich noch nie dort gewesen war, aber ich dachte, die meisten Leute wären daran und an alles, wofür sie stand, gewöhnt. Anscheinend lag ich falsch.

„Okay...", ich blieb vor ihm stehen, jetzt völlig durchnässt von den Oberschenkeln abwärts. „Du denkst, ich hätte etwas mit dem Wasser im Boot zu tun?"

„Ja. Das tue ich." Er verschränkte die Arme, seine scharfen Augen schienen nichts zu übersehen. „Und du wirst es in Ordnung bringen, bevor du auch nur daran denkst, von diesem Boot zu gehen."

Seltsam, dass er wusste, zu welcher Schule ich unterwegs war, und doch schien er keine Angst zu haben. Überhaupt nicht. Ich hatte meine schwarze Magie aufgefrischt und kannte einige schreckliche Zaubersprüche. Er musste einige Gegenzauber kennen, obwohl ich diese Schwingung nicht von ihm bekam. Ich konnte Magie bei Menschen spüren, manchmal sogar riechen oder auf meiner Haut fühlen. Bei ihm jedoch nicht.

„Wie schlägst du vor, dass ich es in Ordnung bringe?", fragte ich.

„Nicht auf die gleiche Weise, wie du es verursacht hast."

„Warum nicht?"

„Magie funktioniert auf Eerie Island außerhalb der Tore eurer Sündenschule nicht. Zum Schutz vor euch Heiden."

„Aber ich habe es –"

„Ah, also gibst du jetzt zu, dass du es warst." Er hob seinen Finger höher als seine hochgezogenen Augenbrauen.

Ich stieß einen Seufzer aus. Nun, da hatte er mich erwischt.

„Die Magie beginnt wieder zu wirken, je weiter man aufs Meer hinausfährt." Er schüttelte seinen erhobenen Finger. „Beginnt zu wirken. Sie ist wackelig, bevor sie sich wieder einpendelt."

Kein Wunder, dass mein Besser-Riech-Zauber schief gegangen war. „Wenn du also nicht willst, dass dein Boot mit Magie repariert wird, was dann?"

Er streckte mir seine Hand entgegen und rieb die Finger aneinander. „Das da."

Ich seufzte. „Wie viel?"

„Genug, um nach Maraday zurückzufahren und einen Magier für einen Trocknungszauber anzuheuern."

„Ich weiß nicht, wie viel das sein wird."

„Ich auch nicht, aber zahl schon." Er wedelte ungeduldig mit der Hand.

Mit zusammengebissenen Zähnen kramte ich in meiner Tasche nach meinem Geldbeutel, der ganz unten vergraben war. Da der Großteil meines Geldes an die AWM gegangen war, hatte ich nicht mehr viel übrig, und das, was ich hatte, war für Essen an der Nekromanten-Akademie gedacht. Ich hatte zusätzliche Gelegenheitsjobs angenommen und jede letzte Münze zusammengekratzt, um mein erstes Semester hier zu bezahlen. Ich würde nicht länger als das hier bleiben müssen. Tatsächlich würde ich wahrscheinlich in weniger als einer Woche wieder weg sein.

Ich öffnete meinen Geldbeutel und begann, ein paar Münzen in meine Hand zu schütteln, aber der Kapitän schnappte mir den ganzen Beutel weg.

„Das wird reichen", sagte er und wandte sich zur Tür, ein selbstgefälliges Lächeln im Gesicht.

„Hey, nein, auf keinen Fall. Ich brauche dieses Geld." Ich marschierte hinter ihm her, als er die Stufen zum Hauptdeck des Bootes hinaufstampfte.

„Hättest du daran denken sollen, bevor du mein Boot ruiniert hast", sagte er über seine Schulter.

„Dein Boot riecht wie verschwitzte Ziegenhoden", fauchte ich. „Ich habe versucht, nicht zu ersticken."

Er warf den Kopf zurück und lachte, dann sprang er auf den Steg. „Und rate mal, wo dein Geld jetzt ist, Fräulein. Direkt neben meinen verschwitzten Ziegenhoden."

Mir drehte sich der Magen um, als er von mir wegging. Das war alles, was ich hatte. Abgesehen von dem Stück Käse und Brot, das ich heute Morgen zu Hause in meine Tasche gesteckt hatte – jetzt sicher völlig durchnässt – würde ich verhungern. Und es gab nichts, was ich dagegen tun konnte. Keine Magie, da ich jetzt auf Eerie Island stand, nicht bis ich die Tore der Nekromanten-Akademie durchschritten hatte. Und dann? Ich hatte keine Beschwörungszauber im Buch der

Schwarzen Schatten gesehen, und selbst wenn ... nun ja, rate mal, wer nicht besonders gut in Latein ist? Ich scheitere öfter, als ich Erfolg habe, es sei denn, ich übe ständig, und bis dahin wäre ich verhungert.

Eine dunkle Stimme schlängelte sich durch meinen Schädel, eine, die ich mühsam zum Schweigen gebracht hatte. „Mord", sagte sie. Morde im Plural, wenn ich beschloss, dass der Kapitän ebenfalls eine tödliche Dosis meines Zorns verdiente.

Als die fröhliche, mit einem Lied im Herzen ausgestattete Version meines Selbst starb, brach ich unter der Wut zusammen und ließ sie mich verzehren. Jeder Teil von mir brannte vor Zorn, und ich schlug um mich wie eine wilde Katze. Es brauchte viel Zeit und Selbstbeherrschung, um aus der Asche meines früheren Ichs aufzusteigen und mein Wesen so zu zentrieren, dass ich wieder halbwegs funktionieren konnte. Um nicht so von mörderischer Wut besessen zu sein, dass ich weiterleben konnte.

Nein, ich war keine Mörderin. Noch nicht. Mein erstes und letztes Opfer hatte bereits ein Ziel auf dem Rücken, und es war nicht der Kapitän.

Ich würde einfach nach Essen suchen müssen. Es stehlen, wenn nötig. Ich würde sowieso nicht lange dort bleiben.

Ich fand meinen Koffer zwischen all den anderen, halb im schlammigen Ufer versunken. Die Götter mögen verhindern, dass die Gepäckträger sie fünf Fuß zurück in einen sandigen Bereich schieben. Meine Frustration durch die Zähne zischend, packte ich den Griff an einer Seite meines Koffers, und als ich ihn anhob, klirrte zerbrochenes Glas im Inneren.

Verdammte Scheiße.

Ich richtete mich in Richtung der Akademie aus, obwohl ich sie durch den dichten Wald noch nicht sehen konnte, und zog den Koffer hinter mir her, einen ausgetretenen Pfad in das Dickicht der Bäume entlang. Die anderen Passagiere hatten ihr Gepäck genommen und waren zum Strand gegangen. Abgesehen von der Akademie war die Insel Eerie für ihre Fischindustrie bekannt. Ich vermutete, dass die Leute, die ich beinahe getötet hätte, wegen Jobs hier waren. Ehrlich gesagt hoffte ich, dass mein Heilzauber ihnen einen Schub gegeben hatte.

Während ich ging, fragte ich mich, warum keine anderen Studenten wie ich quer über die Insel liefen. Sicher war ich nicht die Letzte, die ankam.

Die Bäume ragten über mir auf, ihre übergroßen grünen Blätter blockierten das ohnehin schon spärliche Sonnenlicht. Eine Kälte kroch in meine nassen Kleider, und bald klapperten meine Zähne laut aufeinander. Die Insel Eerie war jedoch nicht groß, und schon bald entdeckte ich vor mir ein Paar großer Tore. Sie waren offen, aber nicht einladend.

Jenseits der Tore wanden sich verdrehte Bäume in seltsamen Winkeln, ihre Rinde in Schatten gehüllt. Oder vielleicht waren sie wirklich schwarz. Einige hatten spindeldürre Äste, während andere etwa so breit waren wie der Koffer, den ich hinter mir herzog. Alle sahen seit langem tot aus. Ein steinerner Pfad schlängelte sich durch sie hindurch, und die letzte Kurve verschwand in der Dunkelheit.

Unbehagen kroch meinen Rücken hinunter. Ich hatte keine Ahnung gehabt, was mich erwarten würde, aber wenn ich mir die Nekromanten-Akademie vorstellte, sah ich... Leben vor mir.

Untotes Leben, aber dennoch Leben. Das hier war es nicht.

Ich stählte meinen Willen und trat durch das Tor auf den Pfad. Sofort fiel mir auf, wie still es war ohne das Summen von Insekten oder das Rascheln von Wildtieren. Selbst die Meeresbrise war verstummt. Vielleicht war es absichtlich so, eine spätere Aufgabe für Studenten, wenn der Unterricht begann.

Der Pfad führte um einige Biegungen, und dann ragte ein monströser Albtraum vor mir auf. Die Nekromanten-Akademie. Es war anders als alles, was ich je gesehen hatte. Aus trostlosem grauen Stein gebaut, ragte es zu den brodelnden Wolken über mir empor und breitete zwei Flügel zu beiden Seiten aus, aber die Winkel stimmten alle nicht. Es gab zu viele, die in unregelmäßigen Abständen über die gesamte Oberseite, die Seiten und sogar das Fundament einschnitten und herausragten. Platten stachen vom Dach hervor wie Türmchen, aber sie waren nicht wie die Strukturen geformt. Das Schlimmste von allem? Keine Fenster. Keine einzigen. Nur eine große, gewölbte Doppeltür an der Vorderseite.

Das Gebäude anzustarren, beunruhigte mich, und wenn ich keinen triftigen Grund gehabt hätte, hier zu sein, wäre ich vielleicht weggelaufen. Stattdessen ging ich auf die riesige Treppe zu, die zu den geschlossenen Türen führte, und öffnete eine davon.

Drinnen erlebte ich einen weiteren Schock. Der Ort wimmelte vor Leben. Studenten flitzten durch den Eingangsbereich, trugen Bücher, lacht-en, riefen einander zu. Und sie sahen... normal aus. Alle trugen schwarze Umhänge, was Stan-dard war, aber einige hatten ihre eigenen farbigen Akzente hinzugefügt. Ein paar trugen sogar Hüte oder Schals, wie ich es früher getan hatte, oder hatten glitzernde Anhänger an ihren Handge-lenken, Ohren und Hälsen baumeln. In meinem komplett schwarzen Umhang, Kleid und Stiefeln war ich diejenige, die auffiel.

Die Architektur im Inneren ähnelte der Außen-seite mit all den falschen Winkeln und zwei weit-eren riesigen Treppen, die im Zickzack die Stein-wände hinauf in eine schwarze Leere führten. Über den gesamten weitläufigen Eingangsboden waren alle Arten von Symbolen in den Stein geätzt. Sie pulsierten mit Bewegung unter den

Fackeln, die die Wände säumten, und wenn ich zu lange hinstarrte, war ich sicher, dass ich vor Schwindel das Gleichgewicht verlieren würde. Der ganze Ort ließ mich die Augen zusammenkneifen wollen.

„Name", sagte eine gelangweilte männliche Stimme von meiner Seite.

Ich blickte auf. Nicht der Kerl, nach dem ich suchte. Er war älter, größer, mit Bartflecken am Kinn.

„Dawn", sagte ich. „Dawn Cleohold."

Er konsultierte seine Pergamentrolle in den Händen. „Nun, Dawn Dawn Cleohold, dein Zimmer ist im zweiten Stock, Zimmer 2B. Lass deine Sachen dort und geh dann in den Versammlungsraum."

„Den Versammlungsraum?"

Er deutete mit seinem haarigen Kinn nach rechts und durch ein weiteres Paar riesiger, gewölbter Doppeltüren. Fackellicht flackerte von innen, heller als hier draußen, aber ich konnte nicht sehen, was drin war.

Er drehte sich um und sagte über seine Schulter: „Und beeil dich. Wir fangen gleich an."

„Womit anfangen?" Nicht mit dem Unterricht, es sei denn, wir hatten Kurse am späten Nachmittag? Die einzigen Informationen, die ich erhalten hatte, waren, dass ich angenommen worden war, wohin ich das Schulgeld schicken sollte und dass ich heute hier sein sollte.

Er antwortete nicht, und ich erwartete eigentlich auch keine Antwort. Ich war auf mich allein gest ellt... aber wohin sollte ich gehen?

„2B, 2B", wiederholte ich und scannte die beiden Treppensätze sowie die Gesichter der Leute.

Er war hier, irgendwo. Ich hatte mir vorgestellt, was ich tun würde, wenn ich ihn zum ersten Mal sah, und was er tun würde, sobald er mich auch sah. Wir würden es wohl bald genug herausfinden.

Ein Treppensatz führte zu jedem der beiden Flügel, aber ohne Hinweis darauf, welchen ich nehmen sollte.

Ich packte den Ellbogen des nächsten Studenten, um anzuhalten und zu fragen, und ein Paar grüner Augen traf auf meine. Der Mund ihres Besitzers verzog sich zu einem selbstgefälligen Lächeln.

„Du musst neu hier sein", sagte er und ließ seinen Blick an meiner Vorderseite hinabgleiten.

Ich bückte mich, damit er meine Augen wiederfinden konnte. Der arme Kerl hatte sich bei der Wölbung meiner Brust verirrt. „Erstsemester", gab ich zu. „Wo ist 2B?"

„Frischfleisch geht da lang." Er zeigte nach rechts.

Frischfleisch? Ernsthaft?

„Danke." Ich ging von ihm weg und spürte seinen Blick auf mir. „Schätze ich."

Ich ging in Richtung der rechten Treppe, aber eine Gruppe älterer Mädchen stürmte durch eine Tür der linken Treppe. Natürlich, getrennte Flügel für Jungs und Mädchen – obwohl wir alle volljährig waren – und natürlich wollte der Typ, der seine Augen nicht bei sich behalten konnte, mich in die Irre führen. Typisch.

Als ich die richtige Treppe hochstieg und meinen Koffer mit einem lauten Rumpel-Rumpel hinter mir herzog, flatterte etwas von der hohen Decke herab. Raben, dachte ich, wurden früher zum Überbringen von Briefen benutzt. Und kein Fitzelchen Kot irgendwo in dieser seltsamen Schule.

Ich fand schnell Zimmer 2B und stellte meinen Koffer neben ein leeres Bett. Das andere war bereits mit einem Haufen Klamotten aus einem offenen Koffer belegt. Bunte Bänder waren schon von der Decke darüber gespannt, sodass es wie ein Zirkuszelt aussah. Ich hoffte, sie wäre keine totale Luftnummer, die zu viele Fragen stellte oder mir im Weg sein würde. Ich war nicht hier, um nett zu sein, und bald würde ich sowieso nicht mehr hier sein.

Ich wünschte, ich hätte Zeit gehabt, meine nassen Klamotten zu wechseln, als ich mich auf den Weg zum Versammlungsraum machte. Drinnen blieb mir der nächste Atemzug in der Brust stecken, als ich mich umschaute und den dunkelsten, wunderschönsten Anblick sah, den ich je gesehen hatte. Die rauen Wände sahen aus, als wären sie aus schwarzem Glimmer geschnitzt und glitzerten im Schein der vielen Fackeln, die in der Luft schwebten. Vier Tische erstreckten sich über die gesamte Länge des Raums, und über jedem hingen drei Fackel-Kronleuchter aus Schädeln und anderen Knochen. Einige der Schädel sprachen sogar mit den Schülern darunter. Ein fünfter Tisch stand vorne im Raum vor einer breiten Bühne und war als einziger leer. Die anderen waren voll besetzt, vielleicht dreißig oder vierzig Schüler an jedem, obwohl ich schrecklich im Schätzen war. Während der Rest der Schule sich bisher wie Sand auf meiner Haut angefühlt hatte, war dieser Raum warm, einladend und magisch.

„Erstsemester da drüben", bellte ein Mann an der Tür und zeigte auf den Tisch ganz rechts.

Das laute Geplapper verstummte, während die Schüler erwartungsvoll zur Bühne starrten. Eine Frau schritt darüber, vielleicht Mitte vierzig, mit hochgesteckten braunen Haaren und praktisch nicht vorhandenen Lippen. Sie hatte zwar einen Mund, aber ihre Lippen waren irgendwie verschwunden, besonders wenn sie die Menge anlächelte. Sie trug ein langes rotes Kleid, das sie wie die Fackeln schweben ließ.

„Willkommen, Nekromanten, zu einem neuen Schuljahr", sagte sie, ihre Stimme trug laut und deutlich.

Die Schüler jubelten. Aber nicht ich. Als ich mich umdrehte, um mich ans Ende der Erstsemester-Bank zu setzen, erstarrte ich. Da war er, ganz am anderen Ende des Raums am Tisch der Drittklässler.

Der Mörder meines Bruders.

Kapitel Zwei

Meine ganze Welt verengte sich auf ihn. Mein Herz zerbrach erneut, als ich ihn dort sitzen sah, leicht lächelnd, als hätte er im letzten Frühling niemanden getötet. Aber ich wusste es besser. Er hatte keine drei Meter von mir entfernt gestanden, der tote Körper meines Bruders blutete zwischen uns aus. Seine Kehle war aufgeschlitzt worden, die schreckliche Wunde grinste offen und verschüttete das Leben meines Bruders über den ganzen Boden. Der Mörder hielt das Messer, von dem immer noch Bluttropfen spritzten, während er mich mit stahlgrauen Augen anstarrte. Sie waren leer von allen Emotionen außer einer: Hochgefühl. Dann drehte er sich um und rannte in die Wiese hinter unserem Haus.

Aber ich hatte mir bereits alles über sein Aussehen eingeprägt. Der Schnitt seines Kiefers. Die scharfen Winkel seiner Wangenknochen. Sein zerzaustes braunes Haar. Die hochmütige Hebung seiner rechten Augenbraue. Graue Augen, so dunkel wie ein Gewitter. Das war er.

Ich wollte schreien. Ich wollte auf ihn zugehen und das beenden, was ich vor vier Monaten geschworen hatte, als ich ihn zum ersten Mal sah. Wut riss mit brennenden Klauen unter meiner Haut, bis es in mir pulsierte, ein aufziehender Sturm, der kurz davor war loszubrechen.

Sein Blick streifte mich für einen flüchtigen Moment. Keine Spur von Wiedererkennen, wo es hätte sein sollen. Denn genauso wie ich ihn klar und deutlich über Leos Körper gesehen hatte, hatte er mich auch gesehen. Aber dann erinnerte ich mich, dass ich die Kapuze meines Umhangs immer noch über den Kopf gezogen hatte. Er konnte mich nicht sehen. Er würde es aber, und jedes flehende Wort, das er zu mir sagte, jede Bitte um Vergebung würde auf taube Ohren stoßen.

„Miss", sagte eine entfernte Stimme. „Miss, würden Sie bitte Platz nehmen."

Ich blinzelte und meine Umgebung flutete um Leos Mörder und mich herum zurück. Alle Augen der vier Tische waren direkt auf mich gerichtet, die einzige Person, die zu einem Eisblock erstarrt war, anstatt sich mit den anderen hinzusetzen. Gelächter brach von mehreren Seiten aus.

Mein ganzer Körper errötete, als ich mich schnell mit gesenktem Kopf hinsetzte. Ich hatte nicht beabsichtigt, Aufmerksamkeit auf mich zu ziehen. Der Plan war, mit den Schatten zu verschmelzen, nicht wie eine Verrückte vor der ganzen Schule dazustehen und zu starren.

„So, dann." Die Frau lächelte, warm wie die Fackeln, die über uns schwebten, obwohl sie keine Lippen hatte. Ich hatte das Gefühl, dass ich davon besessen sein würde, und es ließ sich nicht vermeiden. „Wie ich schon sagte, ich bin Schulleiterin Millington, und ich wollte ein paar Dinge durchgehen, bevor ihr für die Nacht in eure Zimmer zurückkehrt. Der Unterricht beginnt morgen-"

Mehrere der älteren Schüler stöhnten auf.

„Ich bin mir nicht sicher, warum das für einige von euch eine Neuigkeit ist", fuhr sie fort, ohne im Geringsten erschüttert zu wirken. „Ihr werdet eure Stundenpläne auf Pergament vor euren Zimmertüren finden. Normalerweise stelle ich euch eure Professoren am Abend vor Unterrichtsbeginn vor, aber sie sind im Moment mit anderen Dingen beschäftigt."

„Folter", murmelte jemand vom Tisch der Zweitsemester, und mehrere Leute lachten.

„Wir haben dieses Jahr ein paar neue Regeln."

Das Lachen verwandelte sich in Gemurmel.

Schulleiterin Millington hob die Hände. „Ich weiß, ich weiß, aber ihr werdet mir vielleicht später dankbar sein, dass wir Regeln an einer Universität wie dieser haben. Nummer eins: kein Herumwandern alleine nach der dunklen Stunde."

Diesmal lauteres Stöhnen. Die dunkle Stunde bedeutete Mitternacht. Ich hatte das in diesem Sommer gelernt, als ich jedes Buch über dunkle Magie verschlungen hatte, das ich finden konnte, obwohl es eigentlich offensichtlich war, da die helle Stunde Mittag war. Ziemlich einfach, mit den Grundlagen Schritt zu halten. Der Rest hatte eine steile Lernkurve.

„Nummer zwei", fuhr die Schulleiterin fort. „Kein Hinausgehen nach der dunklen Stunde."

Keuchen ging durch den Raum.

Eine Blonde am Kopfende des Seniorentisches sprang auf die Füße, ihre Wangen rosig gefärbt. „Aber Schulleiterin, Fortgeschrittene Nekromantie beginnt nicht einmal vor der dunklen Stunde, und es findet auf dem Friedhof hinter der Schule statt, also-"

„Nicht mehr, Beatrice", sagte Schulleiterin Millington sanft.

„Aber... warum?", fragte Beatrice.

„So ist es nun mal zu eurer aller Sicherheit. Als Nekromanten ist es wichtig, sich schnell an Veränderungen anzupassen, da das, was wir tun, nicht immer geradlinig ist." Sie nickte Beatrice zu, die nicht sehr überzeugt schien, als sie sich wieder auf ihren Platz sinken ließ. „Regel Nummer drei, die überhaupt nicht neu ist: niemandem körperlichen oder emotionalen Schaden zufügen."

„Nach der dunklen Stunde", skandierten mehrere Schüler und kicherten dann.

Aber die anderen schienen immer noch an den ersten beiden Regeln zu hängen, als sie die Stirn runzelten und mit ihren Freunden tuschelten. Was hatte sich vom letzten zum diesjährigen Jahr geändert, um diese Regeln hervorzubringen?

„Wenn ihr das Gefühl habt, dass die Regeln nicht für euch gelten und sie trotzdem brecht, werdet ihr schnell bestraft und von der Schule verwiesen." Die Schulleiterin ließ ihren Blick durch den Raum schweifen, um diesen Punkt zu unterstreichen.

Und ich verstand den Wink, scharf wie die Klinge, die das Leben meines Bruders beendet hatte. Ich müsste einfach nur aufpassen, dass ich nicht dabei erwischt würde, wie ich nach der Dunkelstunde allein herumschlich, um Leos Mörder körperlichen und seelischen Schaden zuzufügen. Dauerhaft.

„Die Verantwortung der Nekromanten ist ernst", fuhr Schulleiterin Millington fort, „was einige von euch wissen und andere noch lernen werden. Es ist die dunkelste aller dunklen Magien, und nur diejenigen mit eisernem Willen können diese Akademie durchstehen. Allerdings steht meine Tür immer offen, solltet ihr ins Straucheln geraten oder irgendetwas brauchen."

Ein körperloser Arm ragte aus dem Bühnenbereich und winkte ihr enthusiastisch zu.

Sie drehte sich zu ihm um und dann steif wieder zu uns. Selbst aus dieser Entfernung konnte ich die Anspannung auf ihrer Stirn sehen.

Sie strich mit den Händen über ihr rotes Kleid, als wolle sie sich sammeln. „Geht jetzt auf eure Zimmer und seid bereit für ein aufregendes neues Jahr, das vor euch liegt." Sie leitete eine Runde Applaus ein, und bevor dieser endete, war sie bereits von der Bühne geeilt, ihre Röcke schwangen hinter ihr her.

Der Applaus verstummte schnell, als die Schüler ihr nachstarrten. So lief die Versammlung zum Schuljahresbeginn normalerweise also nicht ab. Was war passiert?

Die Schüler fragten sich dasselbe, als sie hinausgingen.

„Geht nicht nach draußen", sagte einer. „Seid nicht allein. Warum klingt es, als wären wir unter Angriff?"

„Es ist wahrscheinlich nichts", sagte ein Mädchen mit kurzen blonden Haaren. „Sie würde den Unterrichtsbeginn verschieben, wenn es etwas wäre, worüber wir uns Sorgen machen müssten."

„Aber was ist mit Homecoming und Samhain?", fragte ein Junge. „Werden wir so tun, als ob es diese Dinge nicht gäbe?"

Ihre Stimmen verklangen im Eingangsbereich. Damit ich Ramsey im Auge behalten konnte – das war sein Name, auch wenn ich ihn ungern dachte, da es ihn vermenschlichte – blieb ich stehen und tat so, als hätte ich ein Problem mit den Schnürsenkeln meines Stiefels. Ich wollte wissen, wer seine engsten Freunde waren, wie er mit anderen interagierte, seine Gewohnheiten, sogar seinen Stundenplan. Ich würde ihm wie ein Schatten folgen, bis er nicht mehr war.

Unter meiner Kapuze spähte ich ihm nach, wie er mit einer großen Gruppe männlicher und weiblicher Schüler hinausschlenderte. Er lachte und redete, scheinbar ohne Sorgen in der Welt. Wie konnte ein Mörder so lässig auftreten? Ich hatte meinen Bruder noch nicht einmal gerächt, und schon war ich zurückgezogen, suchte Trost in Mordgedanken statt bei Menschen. Innerlich tot. Es war seltsam, aber vielleicht sollte ich mir von ihm abschauen, wie er sich verhielt, damit niemand Verdacht schöpfte.

Und das ließ mich ihn noch mehr hassen. Hurensohn.

Ich folgte ihm durch die Doppeltüren des Versammlungsraums, nah, aber nicht zu nah, und steckte meine Hand in die Tasche. Meine Fingerspitzen streiften die Hand des toten Mannes, ihre Haut wie Gummi. Sie war zu einer lockeren Faust geschlossen. Wenn sie sich entschied, sich zu öffnen – etwas, das ich nicht erzwingen konnte – würde ich zugreifen, und sie würde mich in die Dunkelheit führen, die ihr Besitzer einst bewohnt hatte. Das war auch als Schattenwandeln bekannt oder buchstäblich zum Schatten werden. Da die Hand einem echten Mörder gehörte, war dies wirklich, wirklich dunkle Magie.

Seine Freunde trennten sich in der Mitte des Eingangsbereichs, die Jungs zu einer Treppe und die Mädchen zur anderen. Ich stieg hinter den Mädchen hinauf und hielt meinen Blick auf Ramsey auf der anderen Seite gerichtet, wobei ich seine Schritte wie der perfekte Schatten nachahmte.

„Mit jedem Jahr, in dem wir zurückkommen, wird er heißer und heißer", sagte eines der Mädchen mit leuchtend roten Locken vor mir.

Eine andere stöhnte. „Er ist das einzig Gute daran, zurückzukommen."

Die Tür zum zweiten Stock öffnete sich, was wohl eine massive Verlangsamung unseres Aufstiegs verursacht haben musste, denn ich krachte mit dem Gesicht zuerst in den Hintern der Rothaarigen vor mir. Ich prallte hart genug zurück, dass die Kapuze meines Umhangs nach hinten fiel. Hatte er es gesehen? Erkannte er mich jetzt? Ich ließ meinen Blick über das Treppenhaus zu ihm schweifen, aber er stieg bereits zum dritten Stock hinauf, völlig ahnungslos.

Vielleicht hätte ich der Wut, die direkt vor mir die Luft zum Vibrieren brachte, mehr Aufmerksamkeit schenken sollen. Die Rothaarige, in die ich hineingerannt war, hatte sich bereits umgedreht, die Fäuste an den Seiten geballt.

„Und mit jedem Jahr haben die Erstsemester mehr und mehr Scheiße zwischen den Ohren", spuckte sie aus. „Du hast Augen, Nekromantin. Benutz sie."

Mein altes Ich hätte sich überschwänglich entschuldigt, Lächeln und Leichtigkeit um Vergebung verstreuend, aber mein neues Ich hatte nichts, wofür es sich entschuldigen musste.

Ich starrte zu ihr hoch, wie sie über mir aufragte, und versuchte, meinen Gesichtsausdruck so kalt und unergründlich wie möglich zu machen. „Und du hast Umfang, Nekromantin. Verlier ihn." Es war eine schreckliche Sache zu sagen, besonders da sie wegen ihrer Kurven wunderschön war, trotz des hässlichen Stirnrunzelns, das ihr makelloses, fast durchsichtig wirkendes Gesicht verunstaltete. Selbst ich wusste, dass man so etwas nie zu jemandem sagen sollte, aber ich konnte es nicht zurücknehmen. Trotzdem sackte mir der Magen ab, als Hitze in meine Wangen kroch.

Ihre Nasenflügel bebten, und sie trat einen Schritt näher, und ich hatte plötzlich das Bild vor Augen, wie ich von dieser Treppe flog. „Was hast du gesagt?" Ihr Ton war so tödlich wie das Zischen einer Schlange.

Ich senkte meine Stimme und versuchte, ihre angespannten Nerven zu besänftigen, damit sie mich nicht umbrachte. „Ich bin in dich hineingerannt, weil du plötzlich stehen geblieben bist, nicht weil ich es wollte. Ich möchte nur in mein Zimmer."

Sie ließ ihren Blick mit einem angewiderten Grinsen an mir heruntergleiten und drehte sich dann um. Als sie an der Tür zum zweiten Stock vorbeimarschierte, drehte sie sich um, um mir noch einen tödlichen Blick zuzuwerfen. „Erstsemester-Freak."

Ja, gut, dass ich nicht hier war, um Freunde zu finden, denn es schien, als hätte ich vergessen, wie das geht. Früher hatte ich viele. Ein stechender Schmerz durchfuhr mein Herz bei der Erinnerung an Lisa, meine beste Freundin, die ich völlig abgewiesen hatte, um Rache zu suchen. Sie wusste von Leos Tod, hatte versucht, danach Kontakt aufzunehmen, aber... ich war nicht mehr dieselbe

Person. Ich wusste nicht einmal, ob ich in der Nähe von jemandem sein konnte, der Sonnenlicht und positive Energie ausstrahlte, ohne wie verschimmelte Früchte zu verwelken. Ich vermisste sie trotzdem. Manchmal vermisste ich sogar mich selbst.

Ich schüttelte den Kopf, um diese Gedanken zu vertreiben, und ging zu 2B, wo ich meinen Stundenplan auf einer Pergamentrolle fand, die mit einem schwarzen Band an meiner Tür befestigt war. Nachdem ich sie aufgerollt hatte, stöhnte ich innerlich auf.

Dawn Cleoholds Stundenplan von Montag bis Freitag:

Frühstück – 7:00, Der Versammlungsraum

Tod, Sterben und Wiedererleben: Eine Geschichte der Warngeschichten – 8:00 – 9:30, Raum 210

Symbologie – 9:30 – 11:00, Raum 111

Psycho-Sportunterricht – 11:00 – 12:00, Turnhalle

Mittagessen – 12:00 – 13:00, Der Versammlungsraum

Wahrsagen – 13:00 – 14:00, Raum 104

Untote Botanik – 14:00 – 15:00, Grüne Etage

Latein 101 – 15:00 – 17:00, Raum 133

Abendessen – 18:00, Der Versammlungsraum

All diese Kurse fünf Tage die Woche... Das würde meine Zeit, Ramsey zu beschatten, einschränken, aber wenn ich nicht hinginge, würde ich Aufmerksamkeit auf mich ziehen. Das war etwas, das ich nicht brauchte, also müsste ich mich anpassen und ihn in meiner Freizeit verfolgen. Zwischen den Kursen, an den Wochenenden... nach der dunklen Stunde jede Nacht, bis es erledigt war. Lächelnd berührte ich meine Tasche, um die Totenhand zur Beruhigung zu suchen. Ich würde nicht erwischt werden.

Sobald ich mein Zimmer betrat, übertönte eine sofortige summende Stimme alle Gedanken. Meine neue Mitbewohnerin sprang auf mich zu und drehte sich in der Mitte des Raumes, wobei sie bereits mehrere Kilometer pro Minute redete. Ihre Haut hatte eine leuchtende Ebenholzfarbe, und sie hatte keine Spur von Haaren auf ihrem Kopf. Nicht, dass sie es nötig gehabt hätte. Sie war auch ohne atemberaubend schön, zum Teil wegen der zarten Wirbel, die in Weiß und Rot über ihr ganzes Gesicht und ihre Kopfhaut tätowiert waren und irgendwie einem Schädel ähnelten.

Sie trug silberne Armbänder und Ringe und große Creolen, die bei jeder Bewegung ihres Kiefers wackelten. Ihr Kleid war anders als alles, was ich je gesehen hatte, aus verschiedenen Arten und Farben von Stoffen zusammengenäht, in langen, flatternden Stücken, die sie aussehen ließen, als wäre sie ständig in Bewegung. Was sie auch war. Dann hielt sie endlich inne und sah mich mit ausdrucksstarken braunen Augen an, die von wunderschönen Wimpern umrahmt waren.

„Eh, hallo?", sagte sie.

Ich blinzelte. „Was?"

Sie warf den Kopf zurück und lachte, ein baucherschütterndes Lachen, das ihr Tränen in die Augen trieb. Ich ertappte mich dabei, wie ich trotz allem lächelte. Ihr riesiges Grinsen erinnerte mich sehr an Lisa. Ihre strahlende Energie erinnerte mich sehr an mich selbst. An mein altes Ich, als jeder Tag neu und frisch war, solange mein älterer Brüder-Held in der Nähe war.

„Ich bin Sepharalotta." Sie streckte ihre Hand aus. „Aber du kannst mich Seph nennen."

Ich griff zögernd danach und schüttelte sie. „Dawn."

„Hi, Dawn." Sie grinste und erhellte den ganzen Raum. Keine Fenster nötig.

Etwas an ihr war ansteckend, und ihre Freude kam als völlige Überraschung an einem Ort wie diesem. Es ließ mich fast vergessen, warum ich hier war. Aber nicht ganz.

„Kannst du das glauben?" Sie gestikulierte mit den Armen in unserem Zimmer herum. „Nekromanten-Akademie? Ich hätte nie gedacht, dass ich hier sein würde."

Je mehr sie sprach, desto mehr Akzent hörte ich heraus, aber ich konnte ihn nicht zuordnen. Eher singend als abgehackt, wie wir in Maraday klangen.

„Ja, es ist... Es ist etwas Besonderes." Egal was ich sagte, ich könnte nie ihre Begeisterung erreichen, da ich ja nicht bleiben würde.

„Lass uns nicht zu aufgeregt werden, Dawn." Sie schnaubte, aber es war leicht und überhaupt nicht spöttisch.

Nickend ging ich zu meinem Bett und ließ mich darauf plumpsen, plötzlich erschöpft. „Ich werde mein Bestes versuchen."

„Ich mag ein Mädchen, das mit meinem Sarkasmus mithalten kann." Sie deutete auf das Pergament in meiner Hand. „Ist dein Stundenplan auch die Definition von Wahnsinn wie meiner? Ich meine, Psycho-Sportunterricht? Es soll wie normaler Sportunterricht sein, aber mit mehr Psycho, um es zu einem buchstäblichen Albtraum zu machen, nehme ich an."

„Also P.S.U. Warum stelle ich mir vor, dass Bälle auf meinen Kopf geworfen werden wie in der High School?" Ich hatte alles an der White Magic High in Maraday geliebt, außer das. Ich war zu weich gewesen, ein leichtes Ziel.

Seph verzog mitfühlend das Gesicht. „Du auch, hm?"

„Ja." Mein Magen knurrte leise, eine Erinnerung daran, dass ich seit mehreren Stunden nichts gegessen hatte. „Haben sie früher schon Abendessen serviert?"

Sie wischte diese Frage wie eine lästige Fliege beiseite. „Das ist schon ewig her."

Es sah so aus, als würde ich heute Abend nasses Brot und Käse essen, langsam, um mein einziges Essen so lange wie möglich zu strecken, bis es schimmelig würde. So appetitlich das auch klang, jetzt fühlte ich mich längst nicht mehr so hungrig wie zuvor.

„Erzähl mir, wie du an die Akademie gekommen bist." Seph hüpfte auf ihr Bett mir gegenüber. „Sind deine Familienmitglieder Nekromanten?"

„Äh, nein. Meine Eltern sind Heiler in Maraday, und mein Bruder..." Ich wollte fast sagen ‚war', aber das hätte zu viele unerwünschte Fragen aufgeworfen. „Mein Bruder ist Professor an der Graystone Academy."

Oder er sollte es zumindest sein. Die Graystone Academy befand sich in Plosh, direkt außerhalb von Maraday, und bevor er dort als Lehrer eingestellt wurde, hatte er das College mit Auszeichnung abgeschlossen. Graystone war der Ort, an dem sich schwarze und weiße Magie vermischten, wo die beiden Seiten der Münze auf einer einzigen Kante balancierten. Als er aufwuchs, war er einer dieser seltsamen Menschen, die genau wussten, wer und was sie sein wollten. Er hatte eine Leidenschaft fürs Unterrichten, und er strahlte jedes Mal, wenn er mir einen neuen Zauberspruch erklärte, während wir auf unserer Lieblingsbank am Rand der Wiese hinter unserem Haus saßen, oder ein neues Kraut, von dem ich noch nie gehört hatte. Ich saugte all das auf, weil das Wissen von ihm kam. Er war mein Idol, mein Held in jeder erdenklichen Weise. Er war auch das Idol anderer Leute, besonders der Mädchen, aber er ignorierte sie oft, um Zeit mit mir zu verbringen. Ich dachte, ich wäre die glücklichste kleine Schwester der Welt.

„Graystone, hm? Und trotzdem bist du hier gelandet, an der dunkelsten aller dunklen Akademien?", fragte Seph und beugte sich vor, um ihren heruntergefallenen schwarzen Umhang vom Boden aufzuheben.

„Es ist lustig, wie das Leben manchmal spielt", sagte ich und wich der Frage aus.

Leo war tatsächlich für ein Vorstellungsgespräch hier gewesen. Das war letzten Frühling, kurz bevor ich ihn ermordet aufgefunden hatte. Seitdem hatte ich mir vorgestellt, wie er Ramsey traf und was möglicherweise zwischen meinem lieben Bruder und ihm in so kurzer Zeit vorgefallen sein könnte, dass Ramsey ihn ermordete. Als Leo zurückgekommen war, hatte ich ihn gefragt, wie das Gespräch gelaufen sei.

„Ich weiß nicht", hatte er mit seinem neckischen Grinsen gesagt. *„Es gab dort so viel dunkle Magie, ich konnte nichts sehen."*

Das hatte mir ein gewaltiges Augenrollen und ein Stöhnen entlockt.

„Meine Familie besteht komplett aus Totenbeschwörern", sagte Seph und hängte ihren Umhang an die Ecke ihres Bettpfostens. „Ich schließe mich selbst davon aus, da ich noch nie, äh, irgendetwas beschworen habe. Hast du schon mal von Hoodoo gehört?"

Ich schüttelte den Kopf.

„Es ist eine der ältesten Religionen, die noch Totenbeschwörung praktiziert. Meine Religion, aber falls du Angst haben solltest, dass ich versuche, dich zu bekehren, keine Sorge. Ich werde es nicht tun." Sie zeigte auf die Tür, die sich langsam öffnete. „Aber sie wird es versuchen."

Eine mürrisch aussehende graue Katze schlängelte sich herein, ein orangefarbenes Auge fest verschlossen und ein Fangzahn ragte aus ihrem leicht schiefen Maul hervor.

Augenblicklich wurden meine Eingeweide zu Brei. Wenn diese Katze mich bekehren wollte, würde ich vielleicht ja sagen.

„Das ist Nebukadnezar, Der Bestatter. Kurz Nebbles", sagte Seph, als die Katze neben ihr aufs Bett sprang und mich anstarrte. „Man könnte sagen, sie ist mein Vertrauter, oder man könnte sagen, sie ist eine Schlampe."

Nebbles knurrte mich an.

„Hey, ich war's nicht, die das gesagt hat", sagte ich lachend.

Seph schüttelte den Kopf und streichelte den Rücken der Katze. „Sie leugnet immer, leugnet, leugnet."

Ich hatte mir schon immer einen Vertrauten gewünscht, aber Heiler hatten normalerweise keine. Totenbeschwörer auch nicht, da sie meist Einzelgänger waren.

Seph gähnte laut und legte sich auf ihr Bett, um das Zirkuszelt anzustarren, das sie mit Bändern über sich gebastelt hatte. „Du wirst vielleicht mehr über Hoodoo in unserem Kurs ‚Tod, Sterben und Wiederaufleben' hören, falls du interessiert bist. Ich wünschte, wir hätten unsere Professoren kennengelernt, damit ich ungefähr weiß, was mich morgen erwartet."

„Hast du eine Ahnung, warum wir sie nicht kennengelernt haben?", fragte ich und streifte meine durchnässten Stiefel ab. Ich traute mich noch nicht, meinen Umhang anzufassen, aus Angst, dass meine Haare die Kohlefärbung verloren hatten, die meine blonden Locken schwarz gefärbt hatte.

Sie drehte ihren Kopf so schnell zu mir, dass ich zusammenzuckte. „Ich glaube schon. Kannst du ein Geheimnis für dich behalten?"

„Oh ja." Ich ging zu dem Platz zwischen meinem Bett und einem kleinen Schreibtisch, wo eine Fackel brannte, und stellte meine Stiefel darunter, damit sie schneller trocknen konnten. „Ungefähr so lange, wie ich nachtragend sein kann."

„Also für immer?" Sie setzte sich wieder ruckartig auf, ihre dunklen Augen leuchteten hell.

„Definitiv."

Sie grinste. „Du könntest meine neue Lieblingsmitbewohnerin sein. Okay, als ich früher hier ankam, flüsterte eine Gruppe, von der ich glaube, dass es Professoren waren, aufgeregt in der Nähe des Versammlungsraums."

„Was haben sie gesagt?"

„Ein Professor wird vermisst. Schon seit dem frühen Morgen, und kein Ortungszauber kann ihn finden." Der unheilvolle Ton in ihrer Stimme ließ mein Herz schneller schlagen. „Einige befürchten, er könnte tot sein."

Kapitel Drei

Ein verschwundener Professor, der vielleicht tot war. Tot, wie mein Bruder. Gab es da einen Zusammenhang? Vor meinem geistigen Auge blitzte Ramseys mörderisches Grinsen auf, wie er ein blutiges Messer über einem gesichtslosen Professor hielt. Wenn Ramsey das Leo antun konnte, könnte er es leicht wieder tun.

Aber ich musste mich daran erinnern, wo ich war. Dieses College hieß diejenigen willkommen, die von schwarzer Magie besessen waren und eine gewisse Dunkelheit in ihren Herzen trugen. Wenn das, was Seph gesagt hatte, stimmte und der vermisste Professor wirklich tot war, dann könnte es sein, dass ich die Gänge mit zwei Mördern teilte.

Unnötig zu sagen, dass ich in dieser Nacht nicht schlief.

Ich stand früh auf – nun ja, vor allen anderen im gesamten Flur, obwohl ich mir nicht sicher sein konnte, wie spät es war. Diese Sache mit den fehlenden Fenstern würde meinen inneren Rhythmus wirklich durcheinanderbringen. Ich musste pinkeln, was ich natürlich weder Seph noch Nebbles mitteilen wollte, also schlüpfte ich zur Tür hinaus, um ein Badezimmer zu finden, meinen Kohlefarbbehälter für meine Haare fest in der Hand. Ich fand das Bad am Ende des Flurs, und nachdem sich Erleichterung eingestellt hatte, übernahm eine andere, schärfere Art von Bedürfnis, die Art, die das hohle Loch in meinem Magen füllen würde. Ich konnte bereits spüren, wie die Auswirkungen des Hungers meine Kraft aussaugten und meine Wachsamkeit schwächten. Auf keinen Fall könnte ich mich so fühlen und Rache nehmen.

Nachdem ich meine Haare mit der Farbe aufgefrischt hatte, schlich ich auf Zehenspitzen zurück zum Zimmer, meine Füße vom kalten Boden gefroren. Ich könnte um den Schimmel herumessen, der sich bereits auf meinem Brot und Käse ausgebreitet hatte. Das müsste reichen, bis ich etwas anderes herausgefunden hätte.

„Dawn!", platzte es aus Seph in die Stille heraus.

Ich sprang einen Meter hoch und wäre fast direkt in der Türöffnung unseres Zimmers gestorben.

„Tut mir leid." Sie schlug beide Hände vor den Mund, um ein Kichern zu unterdrücken. „Es tut mir so leid. Meine Familie sagt mir, ich hätte nur zwei Lautstärken – laut und lauter. Ich wollte nur sagen, lass uns runter zum Frühstück gehen, bevor der Ansturm losgeht."

Sie war bereits in glänzenden roten Stiefeln und ihrem Umhang gekleidet, strahlend im Fackellicht und mit ihrer charakteristischen Aufregung.

Ich runzelte die Stirn, während mein Magen bei der Vorstellung von Frühstück jubelte. „Geh du schon mal vor."

„Bist du sicher?" Sie neigte den Kopf und warf mir einen wissenden Blick zu. „Ich lade dich ein."

Ich könnte sie nie darum bitten, das für mich zu tun, obwohl ich das Angebot zu schätzen wusste. Trotzdem brannten meine Augen vor Hunger, und ich wandte mich ohne ein Wort ab, da ich meiner Stimme nicht traute, mich nicht zu verraten.

„Dawn", sagte sie und berührte sanft meinen Ellbogen. „Bitte. Ich habe gesehen, wie du gestern Nacht schimmeliges Brot gegessen hast. Ich habe nicht spioniert, ich verspreche es. Ich bin zufällig aufgewacht. Lass mich dich zum Frühstück einladen, und du kannst mir davon erzählen. Lass mich dir das zurückzahlen, dass du mich eine ganze Nacht lang ertragen hast. Ich bin anstrengend. Ich weiß. Daran werde ich oft erinnert."

Ich holte tief Luft, als ich auf meine Tasche blickte, die auf meinem Schreibtisch lag. Mein Magen verkrampfte sich allein bei dem Gedanken an den Inhalt. „Du hättest mich gerade eben fast umgebracht."

„Siehst du?", sagte sie lachend. „Ich hätte dich aber wieder zurückgeholt. Oder es zumindest versucht, aber du wärst wahrscheinlich mit einem zusätzlichen Bein zurückgekommen."

Ich versuchte zu lachen, aber zu meinem Entsetzen wurde daraus ein Schluchzen, ein großes, reißendes, das mich fast in die Knie zwang. Ich wusste nicht, was über mich gekommen war. Ich hatte nicht mehr geweint seit jener Nacht im letzten Frühling, als ich Leo gefunden hatte. Ich war zu sehr von Wut verzehrt gewesen, um irgendetwas anderes zu fühlen. Vielleicht war es die Kombination aus Hunger, Sephs Freundlichkeit, ihre Erinnerung an mein altes Ich, Ramsey zu sehen und Leo wieder in einer Blutlache liegend zu erleben, aber es reichte aus, um mich unter dem Gewicht von allem zusammenbrechen zu lassen.

Also war es gut, dass Seph da war, um mich in ihre Arme zu schließen und mir dabei zu helfen, es zu tragen.

„Es ist okay", flüsterte sie und rieb Kreise auf meinen Rücken. „Lass es einfach raus."

Das tat ich, aber nur, weil ich nicht aufhören konnte. Schließlich, als ich mich zu nichts mehr als einem schnüffelnden, schluchzenden Häufchen Elend reduziert hatte, versiegten die Tränen.

Seph zog sich zurück, fischte einen gepunkteten Schal aus ihrer Umhangtasche und reichte ihn mir. „Fühlst du dich ein bisschen besser?"

Ich nickte und wischte mir übers Gesicht. „Tut mir leid. Normalerweise zerfließe ich nicht so in einer Pfütze."

„Schon gut. Ich habe noch viel mehr Schals, also mach ruhig weiter Pfützen." Sie lächelte, und es brach mich fast wieder mit seiner Wärme. „Zieh dich an und lass uns essen gehen, okay?"

Ich holte tief Luft, um meine Nerven zu beruhigen, und zog mich dann in ein anderes schwarzes Kleid als gestern um, meinen Umhang, der endlich getrocknet war, und meine Stiefel, die bei jedem Schritt noch immer quietschten. Als wir fertig waren, winkten wir Nebbles zum Abschied zu, die zusammengerollt auf Sephs Kissen lag, und sie zischte zurück.

Was für eine charmante Katze Nebbles der Totengräber doch war. Ich war völlig hingerissen.

Wir gingen die Treppe hinunter zum Versammlungsraum, der sich langsam mit Studenten füllte. Bevor wir dort ankamen, wanden sich süße und salzige Gerüche durch die Luft und riefen meinen Magen. Er knurrte als Antwort, und das riesige Festmahl, das auf jedem der fünf Tische ausgebreitet war, ließ mir das Wasser im Mund zusammenlaufen.

Seph warf einen Blick auf mich und lachte, als sie mich vorwärts zu einem Sitz am Tisch der Erstsemester zog. „Siehst du? Ich wusste, du würdest dir das nicht entgehen lassen wollen."

Eier, Speck, Würstchen, frische Brötchen und eine Auswahl verschiedener Butter-, Marmeladen- und Honigsorten waren ordentlich auf silbernen und schwarzen Platten und in Kesseln angerichtet, mit einem schwarzen Seidenläufer darunter. Verzierte Kerzenleuchter warfen ihr flackerndes Licht über die dekadenten Speisen und ließen sie noch appetitlicher erscheinen.

„Und...", Seph ließ zwei Münzen auf den Tisch rollen, wo sie sofort verschwanden. „Los!"

Als wären wir in einem Wettrennen, häuften wir alles auf die Teller vor uns, und ich stürzte mich kopfüber hinein. Oder ich wollte es zumindest.

„Warte." Neben mir hielt mich Seph davon ab, meine Gabel aufzuheben, ihre braunen Augen auf unsere Teller gerichtet. „Soll ich dir einen schnellen Zauber beibringen, um zu sehen, ob es vergiftet oder manipuliert wurde?"

Ich riss meinen Blick von dem Butterfass in einem schwarzen Kessel los, in dem ich am liebsten schwimmen würde. „Warum?"

„Zuhause in Alt-Haita machen wir das ständig, weil wir es müssen." Das Kerzenlicht tanzte über ihre tätowierten Züge und ließ das Wirbelmuster noch mehr wie einen Totenkopf aussehen. „Als Familie von Nekromanten sind wir... nirgendwo wirklich willkommen."

Ich keuchte auf. „Die Leute haben euch vergiftet?"

„Sie haben es versucht." Sie zuckte mit den Schultern, als wäre es keine große Sache. „Dieser Zauber färbt dein Essen grün, wenn es vergiftet ist oder offenbart jeden schädlichen Zauber darauf. Ich weiß, Regel Nummer drei hier besagt, dass man niemandem körperlichen oder emotionalen Schaden zufügen darf, aber Gift macht es schwierig, den Schuldigen zu finden. Ein Spritzer hier, wenn du den Rücken drehst. Ein Hauch über deine Schulter, wenn du dich umdrehst, um mit mir zu reden. Wenn es gut getimed ist, könnte niemand sehen, wer es getan hat, und es gibt keinen Beweis außer einer Leiche. Wenn das Nekromantisieren des Opfers tatsächlich funktionieren würde, stünde Aussage gegen Aussage. Also..." Sie beäugte meinen Teller. „Wenn ich latein darf."

Fragte sie mich um Erlaubnis, Latein zu sprechen? Warum benutzte sie immer Substantive als Verben? „Äh... klar."

„*Quarum sacra fero revelare*."

Ich starrte auf meinen Teller hinunter. Alles sah immer noch köstlich aus. Irgendwie klang alles, was sie mir gerade erzählt hatte, ein bisschen wie eine Drohung. Als hätte sie vielleicht mein Essen vergiftet, ohne dass ich es bemerkt hatte. Aber natürlich hatte sie das nicht. Nicht nachdem ich weinend in ihren Armen zusammengebrochen war. Trotzdem gab es möglicherweise einen anderen Mörder an dieser Schule. Ramsey passte relativ leicht hinein. Vielleicht tat Seph das auch.

„Jetzt sagst du es zu meinem. Und keine Sorge." Sie zwinkerte. „Wenn es sicher ist, nehme ich einen Bissen von meinem, um es dir zu zeigen."

„*Quarum...*", sagte ich und versuchte, mich an ihre Worte zu erinnern. Latein war ein bisschen einfacher, wenn ich es laut gesprochen hörte. „*Sacra... fero revelare*."

Wir starrten beide auf ihren Teller, und als nichts passierte, stopfte sie sich eine riesige Gabelvoll Eier in den Mund. Das war gut genug für mich. Wir aßen eine Weile schweigend, und ich beobachtete, wie Schüler kamen und gingen. Die wunderschöne Rothaarige, die ich mir bereits zur Feindin gemacht hatte, funkelte mich böse an, sobald sie hereinkam.

Als Ramsey Sekunden später hereinschlenderte, würgte ich einen Bissen Brötchen hinunter. Er lachte über etwas, das einer seiner Freunde sagte, sein schwarzer Umhang flatterte um ihn herum und seine gewittersturmfarbenen Augen waren wach und scharf.

Mein Magen verkrampfte sich bei seinem Anblick, und ich bereute sofort alles, was ich gegessen hatte.

„Alles okay?", fragte Seph und beobachtete mich genau. „Kennst du den Typen oder so?"

„Oder so", sagte ich und konnte die Schärfe in meinem Ton nicht verbergen.

„Ohh, da gibt's eine Geschichte zwischen euch beiden." Seph stützte ihren Ellbogen auf den Tisch und beobachtete, wie ich ihn beobachtete, als er zum Tisch der Drittklässler schritt. „Ein Drittklässler noch dazu. Und so wie du ihn ansiehst, bin ich überrascht, dass seine Leber nicht schon aus seiner Nase rutscht."

Ich griff nach einem Glas Wasser und trank es in einem Zug aus, mein ganzer Körper zitterte vor Wut.

„Ist er der Grund, warum du heute Morgen so aufgewühlt warst?", fragte sie sanft.

Ich konnte es ihr nicht sagen. Tatsächlich würde es nur mehr Aufmerksamkeit auf mich lenken und mich in ein ungünstiges Licht rücken, wenn sein Leben erlosch, wenn ich ihn von einem überfüllten Raum aus anstarrte. Ich musste Abstand schaffen und nicht jede einzelne Emotion, die ich fühlte, so offen zur Schau stellen. In meinem Kopf war das nach all diesen Monaten der Planung viel einfacher gewesen, als es sich jetzt herausstellte.

„Nein", sagte ich und zwang mich, meine Aufmerksamkeit von ihm abzuwenden.

„Okay...", sagte Seph, aber sie klang nicht überzeugt. „Lass uns von hier verschwinden. Fertig?"

„Fertig." Ich konnte sowieso nicht essen, wenn er im selben Raum war.

Unser erster Unterricht war direkt durch den Eingangsbereich zu einer langen Halle, die drei Stockwerke hoch war und voller Klassenzimmer. Die Decke wölbte sich zu einer wunderschön gestalteten Glaskuppel, die das Nächste zu einem Fenster war, das ich im ganzen Gebäude gesehen hatte. Die Sonne schnitt durch das Glas und malte den ganzen Flur in Flecken aus rotem und schwarzem Licht. Der Effekt war fesselnd, besonders weil im Gegensatz zum Eingangsbereich die Winkel des Flurs normal waren und mich nicht mit einem Gefühl des Grauens erfüllten.

Im dritten Stock füllten grüne Pflanzen den gesamten Bereich, ihre vielgestaltigen Blätter so groß, dass sie über die Seiten des Balkons hingen. Das musste der Grüne

Stock sein, wo der Untoten-Botanik-Unterricht stattfand. Lustig, dass diese Pflanzen lebendig waren, während die draußen es nicht waren.

Wir fanden Tod, Sterben und Wiederaufleben: Eine Geschichte der Warnungen im zweiten Stock, wo bereits einige Erstklässler auf ihren Plätzen saßen. Es roch hier nach Zitronen und Tinte. Vorne in den Doppelreihen der Tische saß eine schockierend junge Frau in einem roten Kleid mit großen Knöpfen an der Vorderseite und einem noch größeren Lächeln. Sie unterhielt sich lebhaft mit einigen der anderen Schüler, ihre glänzenden kastanienbraunen Wellen hüpften um ihre Schultern.

„Sie ist nicht das, was ich erwartet habe", murmelte Seph, als wir unsere Plätze in der dritten Reihe einnahmen.

„Ganz und gar nicht." Ich begann mich zu fragen, warum Schulleiterin Millington und diese Professorin so freundlich zu sein schienen, aber dann erinnerte ich mich daran, dass Leo sich hier beworben hatte. Es musste etwas an dieser Schule geben, das gute, fröhliche Magier anzog, was seltsam war. Dieser Ort schrie nicht gerade gut und fröhlich, aber basierend auf der schwarzen, fensterlosen Struktur selbst, schrie er definitiv etwas. Natürlich hatte ich auch noch nicht alle Professoren kennengelernt.

Nach einer Weile trat unsere nach vorne. „Also gut, alle zusammen. Dies ist Tod, Sterben und Wiederaufleben:

Eine Geschichte der Warnungen, also hoffe ich, ihr seid am richtigen Ort. Ich bin Margo Woolery, eure Professorin."

Sie rieb ihre Hände zusammen, während sie sprach, und wirkte dabei entspannt und genau am richtigen Ort. Sie erinnerte mich so sehr an Leo, dass der Schmerz seines Verlustes drohte, mein Herz erneut zu brechen. Er sollte jetzt in Graystone sein, mit einem ebenso großen, wenn nicht sogar größeren Lächeln als Professor Woolery, und sein erstes Jahr damit beginnen, beruflich das zu tun, was er liebte.

Hinter meinem gebrochenen Herzen kochte ich vor Wut. Ich wollte Ramsey so sehr bezahlen lassen, dass ich vor dem Bedürfnis zitterte, aus meinem Sitz zu springen und den Mistkerl zu finden, um ihm das Leben zu nehmen, wie er es meinem Bruder genommen hatte.

Aber ich musste meine Zeit abwarten, so vorsichtig und strategisch sein, wie ich es bis zu diesem Punkt gewesen war. Trotzdem überprüfte ich die Totenhand in meiner Tasche. Geschlossen, vorerst.

„Also, wir steigen heute direkt ein mit einer Warnung, die euch schützen soll", sagte Professor Woolery. „Diese Geschichte hat einer meiner Freundinnen geholfen, als sie sich... in einer verzwickten Lage befand."

Ein Typ in der ersten Reihe, der so dünn war, dass er aus Stöcken zu bestehen schien, hob sein Kinn in einer Geste, die offensichtlich dazu gedacht war, ihn cooler erscheinen zu lassen, als er wirklich war. Es misslang. „Mit Freundin meinen Sie sich selbst, oder?"

„Falsch", sagte Professor Woolery mit einem geduldigen Lächeln. „Ich meine, was ich sage, Jon, besonders in einer so wichtigen Klasse wie dieser."

Er sank in seinen Sitz zurück.

„Jedenfalls beginnt die Geschichte mit Mimi. Mimi beschwor ihren toten Geliebten aus seinem Grab, aber als er anfing aufzustehen, bekam sie Zweifel. Sie hatte die Geschichten über schiefgegangene Nekromantie gehört, dass kaum jemand je derselbe zurückkam. Aber natürlich war es zu spät. Sie konnte ihn schon hören, wie er ihr aus dem Friedhof folgte und schreckliche, unmenschliche Geräusche machte, und sie fürchtete, er könnte sie töten. Sie kannte den Zauber nicht, um ihn zurückzuschicken, also ging Mimi zurück zu ihrem Haus, schrieb einen Unsichtbarkeitszauber über ihren ganzen Körper und saß ganz still, während sie auf ihren Geliebten wartete."

Nicht gerade die beste Nutzung der Zeit, Mimi. Es würde ewig dauern, einen Zauber über den ganzen Körper zu schreiben, besonders in Eile. Nein, ich hatte einen besseren Weg. Ich tätschelte die Totenhand in meiner Tasche – immer noch geschlossen – und lächelte. Ich hatte den Trick aus einem von Leos schwarzmagischen Büchern gelernt, als ich den besten Weg studierte, die Welt von Ramsey zu befreien.

„Unnötig zu sagen", fuhr Professor Woolery mit einem verschmitzten Grinsen fort, „er fand sie nie und kehrte schließlich in sein Grab zurück."

„Das ist irgendwie gemein von Mimi, ehrlich gesagt", sagte ein Mädchen in der Nähe der letzten Reihe.

Die Professorin zuckte mit den Schultern. „Es ist schwer zu sagen, was Nekromantie-Zauber mit jemandem anstellen, da die Zauber nie das gesamte Gehirn erwecken, nie Erinnerungen oder Gefühle wiederbeleben, die sie einmal hatten, da ihre Geister bereits durch die Geistertür gegangen sind. Deshalb versuchen wir hier an der Nekromanten-Akademie, euch beizubringen, wie unverantwortlich es ist, Zauber an Menschen und Tieren durchzuführen. Es läuft nie so, wie man es sich wünscht."

Ah, das würde also erklären, warum Untote Botanik ein Fach war. Pflanzen konnten zurückkommen. Menschen und Tiere, nicht so sehr. Oder sie konnten es, aber die Dinge konnten gruselig werden.

Der dünne Typ – Jon – hob seine Hand. „Warum sind wir dann hier, wenn Nekromantie-Zauber außerhalb von Pflanzen nicht wirklich funktionieren?"

„Sie funktionieren doch", sagte ein anderer Typ in der Reihe neben mir. „Frag Ryze."

Professor Woolerys Lächeln verschwand, ihr Funkeln verblasste, und ihr Gesicht wurde blass, bis sie krank aussah. „Das ist ein Thema für einen anderen Tag", sagte sie schließlich.

Ich fing Sephs Blick auf, ihre gerunzelte Stirn passte zu meiner. „Wer ist Ryze?", flüsterte ich.

Sie zuckte mit den Schultern.

Professor Woolery klatschte in die Hände und sah wieder munter aus, aber ich konnte immer noch die Anspannung in ihren Augenwinkeln sehen. „Also, meine Freundin benutzte denselben Unsichtbarkeitszauber wie Mimi hier in dieser Schule, als ein Unfall in der Turnhalle eine Explosion von haarigen Gurken verursachte. Kein Scherz. Jemand hatte wahrscheinlich als Witz eine der Gummimatten dort verflucht, und jedes Mal, wenn jemand zu nahe kam, schoss die Matte Gurken auf sie. Um die Situation zu entschärfen, machte sich meine Freundin unsichtbar und schleppte die beleidigende Matte nach draußen. Bis heute finden Schüler und Professoren immer noch haarige Gurken in der Turnhalle."

Sie beendete die Geschichte mit einem ansteckenden Lachen, das die meisten in der Klasse erwiderten. Sogar ich. Es klang so seltsam, aber es fühlte sich gut an, für ein paar Sekunden nicht von innen heraus vor Hass zu verfaulen.

„Was ich möchte, dass ihr jetzt tut, ist, mit der Feder und den Tintenfässern auf euren Tischen den Zauber für den Rest der Stunde auf euch selbst zu schreiben." Die Professorin wedelte mit der Hand, und der Zauberspruch erschien in goldenen, glitzernden Buchstaben über unseren Köpfen. „Seht, wie lange es dauert, bis ihr unsichtbar werdet. Holt euch Hilfe von euren Klassenkameraden, wenn ihr sie braucht. Um den Zauber zu löschen, reibt etwas Zitronensaft über euch, der sich in den Schüsseln am Ende eurer Tische befindet."

Seph sah mich mit einem breiten Grinsen an, als sie ihre Feder in ihr Tintenfass tauchte. „Noch etwas, das ich für meine erste Stunde nicht erwartet hatte. Die Nekromanten-Akademie hält mich definitiv auf Trab."

Ich nickte und nahm meine Feder, die ich zwischen meinen Fingern rollte. „Pass nur auf, dass du keine Schnitte auf deiner Haut hast, bevor du Zitronensaft aufträgst."

„Oh, guter Gedanke."

Dann machten wir uns an die Arbeit und wurden nach und nach unsichtbar. Es war so seltsam, den Tisch durch meinen Arm zu sehen, aber gleichzeitig zu spüren, wie fest mein Fleisch und meine Knochen noch waren, und zu fühlen, wie meine Arme noch an meinem Körper befestigt waren. Das war definitiv nur für den äußersten Notfall oder für beeindruckende Partytricks zu gebrauchen. In Wirklichkeit war Timing alles, und das hier dauerte verdammt lange, um für mich nützlich zu sein.

Jon aus der zweiten Reihe drehte sich um, sein Arm war bereits größtenteils verschwunden. „Kann ich den Damen behilflich sein?"

„Nein danke", trällerte Seph.

„Seid ihr sicher? Ich kann..." Sein Kiefer klappte herunter, je länger er Seph anstarrte, und ein verträumter Schleier legte sich über seine blauen Augen. „Ich kann helfen."

Seph lächelte nur und schüttelte den Kopf, völlig ahnungslos, dass sie ihn verzaubert hatte.

Und was für ein Zauber das war, denn der Typ war danach verloren und sah Seph an, als hätte sie ihm das Herz direkt aus der Brust gerissen. Es war ziemlich niedlich, das zu beobachten.

Vor dem Ende des Unterrichts wies uns Professor Woolery an, uns mit dem Zitronensaft wieder sichtbar zu machen. Nach Zitrus duftend, schlenderten wir in den Symbologie-Raum im ersten Stock, der mir den Atem raubte. Er war riesig, etwa doppelt so groß wie unser vorheriger Klassenraum, und der gesamte Boden, die Wände und die Decke bestanden aus kleinen rustikalen braunen Steinen. Eine Vielzahl von Symbolen war in die

Steine gemeißelt, einige ziemlich simpel und andere mit unglaublichen Details. Es war wunderschön hier.

„Kein Professor in diesem Kurs?", fragte Seph, als wir uns an einem Tisch in der Mitte niederließen.

„Oder ihnen ist der Zitronensaft ausgegangen", sagte ich.

Nachdem alle Erstsemester hereingeschlendert waren und ihre Plätze eingenommen hatten, schlurfte ein alter Mann in einem braunen Umhang nach vorne. Sein Rücken war gekrümmt, und sein Kopf ragte wie bei einer Schildkröte vom Rest seines Körpers hervor. Ein einzelner Büschel weißer Haare flatterte über seinem kahlen Kopf, während er sich ... so, so langsam bewegte. Wir würden alle tot sein, bis er die Vorderseite des Raumes erreicht hätte.

„Pergament, Feder und Tinte", krächzte er, seine Stimme klang wie Luft, die zwischen zwei rauen Steinen gepresst wird.

Ein Stapel Pergament erschien auf den Tischen aller, ebenso wie Federn und randvolle Tintenfässer. Ich zuckte auf meinem Sitz zusammen, da ich diese Plötzlichkeit von jemandem, der sich mit seiner Geschwindigkeit bewegte, nicht erwartet hatte.

Er schlurfte weiter, erst ein Achtel des Weges in den Raum, und hob einen knorrigen Finger zur linken Wand. „Das sind Schutzsymbole, die ihr überall zeichnen könnt.

Auf euch. Auf eure Tür. Auf euren Liebsten. Auf eure Hausaufgaben, damit euer Hund sie nicht frisst. Ihr könnt sie mit Tinte oder mit eurem Finger zeichnen."

Die Klasse lehnte sich zu ihm hin, als würden wir alle uns anstrengen, seine krächzende Stimme zu verstehen.

„Wählt zwanzig davon aus, zeichnet sie genau zweimal freihändig mit Tinte und gebt eine Kopie auf meinem Schreibtisch ab, bevor ihr geht. Die andere behaltet ihr. Versucht auf keinen Fall, auf keinen Fall, eine Abreibung mit eurem Pergament auf dem Symbol zu machen. Sofortiges F und ich werde. Euren. Kopf. Haben."

Hinter ihm schloss sich die Tür mit einem donnernden Knall. Wir alle sprangen in die Luft. Dieser Professor hatte uns nicht einmal seinen Namen genannt, aber ich hatte mich bereits entschieden, dass ich ihn mochte. Er hatte trotz seines ruhigen Auftretens eine gewisse dramatische Ader, die mich dazu brachte, aufmerksam zu sein.

Obwohl wir etwa dreißig Personen hier waren, fühlte es sich nie so an, als würden wir übereinander klettern, um Platz an der Wand zu finden. Keiner von uns presste sein Pergament an die Symbole, aber wir verteilten uns auf dem Boden und schauten während der Arbeit zwischen unseren ausgewählten Symbolen und unseren Zeichnungen hin und her. Ich wählte zwanzig, die alle völlig unterschiedlich waren, einige mit Kreisen in Kreisen oder buchstabenähnlichen Symbolen, die ich noch nie zuvor gesehen hatte. Während ich zeichnete, fragte ich mich kurz, was die Symbole an den anderen Wänden bedeuteten, aber ich war sicher, dass wir dazu kommen würden. Irgendwann. Genau wie Professor Schildkröte zu seinem Schreibtisch. Als ich ging, um ihm die Kopien meiner zwanzig Zeichnungen abzugeben, saß er dahinter und schnarchte laut.

Am Ende der Stunde, obwohl er immer noch schlief, quietschte die Tür des Raumes auf, und wir alle nahmen das als Zeichen, dass wir gehen durften.

Auf unserem Weg zum P.P.E. in der Turnhalle fiel Seph ein wenig zurück, ihr ebenfarbenes Gesicht wurde hinter all ihren wirbelnden Tätowierungen blass.

„Seph? Alles in Ordnung?"

„Ja, nur..." Sie schluckte schwer. „Ich fühle mich seltsam."

„Seltsam wie?"

„Seltsam..."

Nun, das klärte für mich nicht wirklich etwas auf, aber ich blieb dicht an ihrer Seite, um sie im Auge zu behalten.

Und dann fühlte ich mich auch seltsam, aber nur, weil etwas laut in meinem Kopf geklickt hatte. Wir hatten gerade gelernt, uns unsichtbar zu machen und Schutzsymbole zu zeichnen. Alles defensive Dinge. Was war es an der dunkelsten Akademie in ganz Amaria, dass die Erstsemester von Tag eins an nichts als Verteidigung lernten? Hatte es etwas mit dem vermissten Professor zu tun? Oder lag es daran, dass wir Erstsemester waren, reif für die Schlachtbank durch Oberstufenschüler, namentlich Ramsey? Möglicherweise eine Kombination von beidem.

„Dawn." Seph stieß langsam die Luft aus, als wir vor der Turnhalle anhielten. „Ich kann da nicht reingehen."

Ich blinzelte zur Tür auf der anderen Seite des breiten Flurs und dann zu ihr. „Warum? Bist du allergisch gegen die haarigen Gewürzgurken, die wir dort vielleicht finden?"

„Etwas..." Sie umklammerte ihre Brust, ihre Knöchel wurden weiß. Ihre Schultern hoben sich schneller, als sie schwerer atmete, und sie schüttelte den Kopf. „Etwas stimmt da drin nicht. Ich kann es fühlen ... direkt auf der anderen Seite dieser Wand."

Ich riss meinen Blick von ihrem verzweifelten Gesicht los und schaute wieder in den Raum hinter mir. Schwarze Matten lagen auf dem Boden aus, und in der hinteren Ecke hingen verschiedene Geräte, deren Namen ich nicht kannte, plus ein paar Schwerter. Nichts, was für eine Turnhalle besonders ungewöhnlich aussah, vermutete ich, aber ich trat näher, um weiter hineinzuspähen. Stimmen drangen von innen heraus, ein paar Schüler sprachen über ihren bisherigen Tag.

„Dawn, bitte geh da nicht rein", flehte Seph, und das Zittern in ihrer Stimme kroch meinen Rücken hinauf.

Ich drehte mich wieder zu ihr um, meine Muskeln angespannt, weil ich keine Ahnung hatte, was hier los war. Sie presste ihre Lippen zusammen und stand wie erstarrt da, heftig zitternd. Verängstigt.

Ich musste es wissen. Ich musste wissen, was los war. Schweiß brach auf meiner Stirn aus, als ich mich umdrehte und näher an die Turnhalle herantrat, und mein Herzschlag hallte in einem stetigen Summen zwischen meinen Ohren wider. Ich keuchte.

Etwas stimmt da drin nicht... direkt auf der anderen Seite dieser Wand, hatte sie gesagt.

Es war Ramsey. Er stand hinter dem Lehrerpult.

„Dawn..."

Ich drehte mich gerade noch rechtzeitig zu Seph um, um zu sehen, wie sie in Ohnmacht fiel.

Kapitel vier

„SEPH!" ICH KAUERTE MICH neben sie und schüttelte sie, dann tätschelte ich sanft ihre Wange. „Seph, wach auf."

Eine Menschenmenge begann sich um uns zu versammeln.

„Jemand ist ohnmächtig geworden", rief ein Typ.

„Es gibt immer einen am ersten Tag", murmelte jemand im Vorbeigehen.

„Gebt mir etwas Platz", schrie ich den Schülern zu, die sich vordrängten, um zu gaffen.

Sie taten es.

„Binde dich in Gesundheit, Schütze Geist und Seele auch, Stärke Kraft und Freude, Lass alles sich erneuern." Ich schnippte mit den Fingern, um meine Heilmagie in meine

Fingerspitzen zu lenken, und die Schüler traten bei deren Helligkeit noch einen Schritt zurück.

Weiße Magie, aber sie sah sicherlich nicht danach aus. Sie war grau, wurde jedes Mal dunkler, wenn ich die Totenhand in meiner Tasche benutzte, aber immer noch hell.

Eine Präsenz erschien hinter mir, schwebend und bedrohlich. *Er*. Meine Knochen zitterten bei seiner Nähe, jedes Haar an meinem Körper stellte sich alarmiert auf.

„Was ist passiert? Geht es ihr gut?", fragte er.

Ich biss die Zähne zusammen, als ich seine Stimme hörte, so besorgt, so falsch. Er hatte kein Wort gesagt, als ich ihn über Leos Leiche stehend gefunden hatte, aber ich hatte mich immer gefragt, ob er etwas zu Leo gesagt hatte, bevor er ihm die Kehle durchschnitt.

Ich musste Seph von ihm wegbringen, aber zuerst musste ich sie aufwecken. Ich zog Heilkreise um ihr Gesicht, ohne sie zu berühren, die grauen Funken an meinen Fingerspitzen sprangen auf ihre tätowierte Haut zu. Offenbar konnte ich schwarze Magie in mich aufnehmen, aber ich konnte die natürliche Heilerin nicht aus mir herausnehmen.

„Brauchst du die Krankenschwester in der Krankenstation?", fragte Ramsey.

„Nein", presste ich hervor.

Das wäre so viel einfacher ohne Publikum, ohne ihn hier. Das wäre so viel einfacher mit meinen Heilamuletten und Kräutern. Heilamulette verstärkten die Magie eines Heilers, sodass der Heiler seine eigene Magie nicht erschöpfen musste.

So wie ich es jetzt langsam tat.

Meine Heilmagie breitete sich über ihr Gesicht wie eine Art leuchtendes Spinnennetz aus, und ich griff die Mitte davon. Die Enden hafteten an ihrem Gesicht, also zog ich mehr, mehr, bis sie sich lösten. Sie holte tief und keuchend Luft. Ihre Augen flatterten, und sie zitterte heftig, wie sie es getan hatte, bevor sie ohnmächtig geworden war.

Es war Ramsey. Es musste er sein, aber ich wollte keine Aufmerksamkeit erregen und ihn anzischen, er solle gehen. Ich musste Seph von ihm wegbringen. Sie musste irgendwie empfindlich dafür sein, wer er wirklich war, wurde durch seine Nähe ausgelöst und konnte nun hinter seiner Goldener-Junge-Maske das Monster im Inneren sehen.

Ich beugte mich zu ihrem Ohr hinunter und zog dabei meine Kapuze hoch. „Halt die Augen geschlossen, Seph. Ich bringe dich in unser Zimmer. Bereit?"

Sie nickte schwach, und ich half ihr auf die Füße. Ich hielt Ramsey den Rücken zugewandt, meine Kapuze fest um meinen Kopf gezogen, während Seph und ich durch die Menge glitten.

Jon, der Typ mit dem Sack voller Stöcke aus dem Kurs „Tod, Sterben und Wiederaufleben", trottete neben uns her. „Seid ihr sicher, dass ihr nicht die Krankenschwester braucht?"

Ich durchbohrte ihn mit dem finstersten Blick, den ich aufbringen konnte, und er wich zurück, die Hände erhoben.

„Was ist es … an uns … das ihn denken lässt, wir wären uns über alles unsicher?", fragte Seph zwischen dem Klappern ihrer Zähne. Ihre Augen waren immer noch fest zusammengekniffen, als ich sie durch die Türen in den Eingangsbereich führte.

Ich stöhnte, da ich jetzt nicht über Jon reden wollte, nachdem die ganze Heilmagie meine Kraft aufgebraucht hatte. „Du kannst jetzt die Augen öffnen. Er ist weg."

„Es ist mir egal, dass er weg ist."

„Nein, ich meinte die Person, die du hinter der Wand der Turnhalle gespürt hast." Ramsey. War er der P.P.E .-Lehrer, obwohl er nur ein Schüler war? Er hatte hinter dem Schreibtisch gestanden, nicht davor. Nachdem ich Seph untergebracht hatte, müsste ich dorthin zurückkehren und ihm gegenübertreten, weil das mein nächster Unterricht war, und so tun, als wäre absolut nichts falsch.

Aber diesmal würde ich vorbereitet hineingehen.

Als wir in unserem Schlafsaal ankamen, brach Seph auf ihrem Bett zusammen, und Nebbles sprang auf sie und warf mir einen bösen Blick zu, als hätte ich ihrem geliebten Menschen wehgetan.

Ich wich zurück, als sich das Fell entlang ihres Rückgrats sträubte. „Soll ich dich zur Krankenschwester bringen? Ist so etwas schon einmal passiert?"

„Nein", sagte sie. „Ich werde mich hier einfach ausruhen ... aber Dawn, was hast du gesehen? Als du in die Turnhalle geschaut hast, hast du nach Luft geschnappt."

Ich kaute auf meiner Wange, zögerte. Dachte nach. Eigentlich das Gleiche. „Erinnerst du dich an den Typen im Versammlungsraum?"

„Er war da, hm?" Sie nickte und seufzte dann. „Wenn das der Fall ist, denke ich nicht, dass du dorthin zurückgehen solltest. Was auch immer er getan hat, irgendeine Art von Abstoßungszauber oder so, es schien nur mich zu beeinflussen, aber was, wenn er es bei dir macht?"

„Ich weiß bereits, wozu er fähig ist." Die Worte kamen als ersticktes Flüstern heraus.

Ihre dunklen Augen huschten über mein Gesicht. „Und das wäre?"

„Ich... ich möchte jetzt lieber nicht darüber reden." Ich ballte meine Hände zu Fäusten, so fest, dass meine

Knöchel knackten. „Außerdem kann ich, wenn ich dahin gehe, wo er ist, sicherstellen, dass er niemand anderen verletzt."

Seph streichelte Nebbles zwischen den Ohren. „Sollten wir jemandem erzählen, was passiert ist?"

„Wenn du möchtest, klar."

Warum ausgerechnet sie? Von all den Studenten, die zu ihren Kursen eilten, warum war sie die Einzige, die ohnmächtig geworden war, als sie zu nahe gekommen war? Sie verhielt sich nicht so, als würde sie Ramsey kennen, aber kannte er sie? Hatte er es aus irgendeinem Grund auf sie abgesehen, so wie bei Leo? War sie in Gefahr, dass ihr die Kehle durchgeschnitten wurde? Wenn dem so war, dann musste das ein Ende haben. Sehr bald.

„Ich weiß nicht", sagte Seph. „Vielleicht waren es nur Erster-Tag-Nerven, die mein Gesicht den Boden küssen ließen."

„Vielleicht." Stirnrunzelnd ging ich zu meiner Truhe am Fußende des Bettes. Unter einem Stapel schwarzer Kleider zog ich den gravierten Dolch hervor, der in seiner braunen Lederscheide steckte. Leo hatte ihn mir zu meinem achtzehnten Geburtstag geschenkt, und er hatte *Biscuit* in perfekter Schrift entlang der Klinge eingraviert. Sein Spitzname für mich.

„Erinnerst du dich an die Zeit, als du noch nicht so ein Freak für Kohlenhydrate warst, Biscuit? Das waren die guten alten Tage."

Tag, Einzahl, denn anscheinend war ich nur für sehr kurze Zeit kein Freak für Kohlenhydrate gewesen. Das war einfach seine Redensart. *Er* war derjenige, der ein Freak war, der mich immer neckte, der immer versuchte, mich mit seiner Dorkigkeit zum Lachen zu bringen.

Der Dolch, aus schärfstem Stahl gefertigt, schnitt durch alles, als wäre es aus heißer Butter, und er war klein genug, um bequem in meinen Stiefel zu passen. Ich nahm auch ein paar Todesanhänger und stopfte sie in meine-

Oh. Die Hand des toten Mannes war immer noch in meiner Tasche geschlossen, aber das war okay. Wir würden ohnehin schon im selben Raum sein, und nach dem Unterricht, wenn wir ganz allein wären, könnte es perfekt sein. Ich könnte ihm zumindest einen Todesanhänger in die Tasche stecken, einen kreisförmigen schwarzen Anhänger mit einem quadratischen Ausschnitt in der Mitte. Am Rand standen die Worte: *Propius Mors Est.* Der Tod kommt näher. Ich hatte bereits in jeden einzelnen von meinen seine Initialen eingeritzt: RS. Ramsey Sullivan. Wenn er ihn bei sich trug, lud er den Tod ein, näher zu kommen.

„Warte." Seph zeigte auf den Schreibtisch neben ihrem Bett. „Zweite Schublade. Nimm etwas Geld von oben für das Mittagessen."

Mein Kiefer klappte herunter. „Das kann ich nicht machen."

„Doch, das kannst du und das wirst du", sagte Seph und betonte es mit einer Geste ihres Fingers, „und du bringst mir auch etwas mit. Ich wäre immer noch bewusstlos, wenn du nicht gewesen wärst, also nimm es. Bitte."

Ich stieß einen kurzen Seufzer aus und tat dann, worum sie mich gebeten hatte. Ich nahm zwei Münzen, die neben ein paar kleinen Stoffpuppen lagen. Ich konnte sie aber nicht weiterhin für mein Essen bezahlen lassen.

„Ich komme mit dem Mittagessen zurück, um nach dir zu sehen, okay?", sagte ich, während ich zur Tür ging. „Eine Stunde."

Sie nickte. „Sei vorsichtig, Dawn. Ich meine es ernst."

„Du auch."

Draußen im leeren Flur zögerte ich vor der geschlossenen Tür. Unbehagen kribbelte meinen Rücken hoch wie hungrige Fliegen. Ich wollte sie nicht allein lassen. Ich erinnerte mich an eines der Schutzsymbole, die ich am Morgen gezeichnet hatte, und zeichnete es mit dem Finger auf die Tür. Während ich das tat, blieb die Zeichnung dort, als hätte ich sie ins Holz gebrannt. Dann drehte ich mich auf dem Absatz um und machte mich auf den Weg zurück zum Unterricht. Zurück zu Ramsey.

Ein Grinsen breitete sich auf meinem Gesicht aus, eines, das immer breiter und bodenloser wurde wie das Loch in meinem Herzen. Wenn dies mein erster und letzter Tag hier war, würde ich es einen großen Sieg nennen.

Als ich die Turnhalle betrat, stand Ramsey in der Mitte einer Art quadratischem Kolosseum mit steinernen Tribünen, die an den Wänden hochragten. Die Erstsemester saßen auf den Bänken, während er mit ihnen sprach. Sie unterrichtete. Ich hielt meine Kapuze eng gezogen, meine Augen nach unten gerichtet, seine Präsenz wie Sand, der über meine Haut kratzte.

„Ist jetzt alles in Ordnung?", rief er. Der falsche freundliche Ton in seiner tiefen, honiggleichen Stimme ließ mich meine Backenzähne so fest zusammenbeißen, dass ich nicht schrie.

Ich nickte leicht, während ich mich zur hinteren Reihe der Studenten begab.

„Also, wie ich schon sagte", fuhr er fort, „ich brauche einen Freiwilligen, um euch einige grundlegende Verteidigungsbewegungen zu zeigen. Dann wollte Professor Wadluck, dass ihr euch zum Üben in Paare aufteilt. Gibt es Freiwillige?"

Professor Wadluck... Also war Ramsey nicht der Lehrer, sondern vertrat ihn? Wo war dann Professor Wadluck?

Verschwunden. Mein Magen zuckte bei dieser Erkenntnis, und meine Schritte kamen ins Stocken. Hatte ich Recht? Warum sonst sollte ein Professor am ersten Tag nicht in der Lage sein, seinen Unterricht zu halten? Ziemlich seltsam also, dass Ramsey übernehmen würde...

„Wie wäre es mit dir, da du schon stehst?", fragte er.

Ich blickte nach links zu den anderen Erstsemestern, von denen keiner stand. Verdammt. Ich wollte nirgendwo in seiner Nähe sein, nicht vor all den Studenten, nicht mit dem Dolch in meinem Stiefel und Mord in meinem Herzen. Beides wäre zu leicht zu sehen.

„Ich habe die Beulenpest", verkündete ich und setzte meinen Weg zur hinteren Reihe fort.

Einige Studenten kicherten. Manche rückten tatsächlich von mir weg, als ich mich setzte.

„Ah", sagte Ramsey. „Jemand weniger... ansteckend vielleicht?"

Ein Mädchen, das ich in meinen früheren Kursen gesehen hatte, mit glatten blonden Haaren, einem dauerhaften Grinsen im Gesicht und feiner Stickerei auf ihrem schwarzen Umhang, stand ein paar Plätze von mir entfernt auf. „Ich hatte mal Tollwut, aber jetzt geht's mir besser. Ich werde gegen dich kämpfen."

Ramsey verschränkte die Arme über seinem Umhang, ein selbstgefälliges Lächeln auf den Lippen. „Das ist kein Kampf."

„Oh?" Das Mädchen hob eine Augenbraue, als sie an mir vorbeiging, um in den Gang zu gelangen.

Ich grinste, obwohl sie mich nicht ansah. Dieses Mädchen gefiel mir jetzt schon.

„Wie heißt du?", fragte Ramsey sie.

„Echo", sagte sie.

Als sie in der Mitte ankam, zeigte er ihr, wo sie stehen sollte. „Echo und ich werden euch ein paar Verteidigungstechniken zeigen, die ihr anwenden könnt, falls euch jemand angreift."

Schon wieder dieses Verteidigungszeug. Lehrte diese Schule tatsächlich Nekromantie oder brachten sie uns bei, wie man in einem Krieg kämpft?

Er richtete seinen gewittergrauen Blick auf Echo. „Greif an."

Sie zuckte mit den Schultern und rannte dann mit erhobener Faust auf ihn zu, die Lippen zu einem Knurren verzogen. Ihr Umhang bauschte sich hinter ihr auf und ließ sie doppelt so groß und bedrohlich erscheinen. Er packte ihre Faust mit beiden Händen und riss sie nach unten, aber sie kam mit der anderen auf ihn zu. Vielleicht hatte dieses Mädchen auch ein paar Wutprobleme. Was auch immer ihr Problem war, ich wollte sie definitiv auf meiner Seite haben.

Bevor ihre Faust treffen konnte, hakte er seinen Arm in ihren Ellbogen ein, trat in einem Winkel auf sie zu, sodass einer seiner Füße hinter ihr stand, und stieß sie rückwärts, um sie über seinen Fuß stolpern zu lassen. Nur ließ er sie nicht wirklich stolpern. Er packte sie an den Armen, bevor sie zu Boden ging.

„Du bist gut. Wo hast du kämpfen gelernt?", fragte Ramsey und stellte sicher, dass sie ihr Gleichgewicht wiedergefunden hatte, bevor er zurücktrat.

Echo pustete sich die losen Haare aus dem Gesicht. „Im Grunde in meiner Kindheit. Ich bin mit fünf Brüdern aufgewachsen."

„Denkst du, du kannst blocken?"

Sie grinste. „Ich blocke nie."

Er hob anerkennend sein Kinn, eine Geste, die genauso arrogant war wie seine dämliche hochgezogene Augenbraue. „Tu mir den Gefallen. Vielleicht musst du eines Tages blocken."

„Ich bezweifle es."

„Echo wird mit denselben Techniken blocken, die ich gerade angewendet habe", verkündete er der Klasse, sein Ton leicht, aber gleichzeitig endgültig.

Er begann sich wegzudrehen, stürzte sich dann aber plötzlich auf sie.

Sie zuckte nicht einmal zusammen, verbreiterte nur ihren Stand. Er hob die Faust, und sie griff sie aus der Luft und zog sie nach unten. Er holte mit der anderen Hand aus, und sie trat auf ihn zu, um zu versuchen, ihn zu Fall zu bringen. Er drehte sich gerade noch rechtzeitig weg. Keiner von beiden schien außer Atem zu sein, aber ich war es, meine Atemzüge stockten vor Frustration. Ramsey konnte kämpfen, konnte sich gegen Angriffe verteidigen.

Gegen mich.

Die Sache war gerade zehnmal schwieriger geworden.

„Wenn ihr seht, dass eine Faust auf euch zukommt", sagte er zur Klasse, „packt sie mit beiden Händen und zieht sie nach unten. Euer Angreifer wird das nicht kommen sehen und zögern. Ihr werdet es spüren. Das ist der Moment für den Gegenangriff."

Jemand in der ersten Reihe hob die Hand. „Ähm, aber jetzt werden sie das doch kommen sehen, weil du es allen gesagt hast."

Ramsey bedachte den Neuling mit einem selbstgefälligen Lächeln. „Nicht alle. Nur die Underclassmen, die denken, sie seien so schlau." Er blickte in die Runde. „Bildet Paare. Ich möchte, dass ihr übt, ohne die Absicht, euren Gegner tatsächlich zu treffen oder flach auf die Matten zu legen. Verstanden? Das wird alles in eurer Semesterprüfung vorkommen."

Scheiße. Ich hatte immer noch meinen Dolch im Stiefel. Bei einer falschen Bewegung könnte er vor allen herausfallen, auch vor ihm. Das Letzte, was ich wollte, war meine Mordwaffe zu zeigen, bevor ich die Chance hatte, sie zu benutzen.

Ich ließ meinen Blick über die Schüler in meiner Nähe schweifen und fixierte ein Mädchen, das viel kleiner war als ich, eine Reihe vor mir. Sie sah aus, als könnte sie jeden Moment umfallen, wenn jemand nieste. Ich stand mit den anderen Neulingen auf und bahnte mir mit den Ellbogen einen Weg zu ihr.

„Hey", sagte ich und legte meine Hand auf ihre Schulter. „Lass uns Partner sein."

Sie nickte und starrte zu mir hoch mit den schwärzesten Augen, die ich je gesehen hatte. Sie hatte langes schwarzes Haar, das ihre Taille streifte, mit kurz geschnittenem Pony, der von einem schwarzen Schal und was verdächtig nach eingenähten menschlichen Zähnen aussah, aus ihrem Gesicht gehalten wurde.

Oh ja. Das waren definitiv Zähne.

Wir fanden einen freien Platz auf den Matten, so weit weg von Ramsey wie möglich, und ich ließ sie anfangen. Sie stieß ihre kleine Faust mit der Kraft einer trägen Brise in mein Gesicht, aber ich fing sie mit beiden Händen und drückte sie nach unten. Ihre Haut war bitterkalt, und ich riss meine Hände weg und schüttelte den Schmerz aus ihnen. Sie sagte kein Wort, während wir übten, und ich auch nicht, konzentrierte mich hauptsächlich darauf, Ramsey den Rücken zuzukehren.

Dann kam er auf uns zu, machte langsam seine Runden, um alle zu beobachten. Ich versteifte mich. Ich konnte nicht anders, als seine Bewegung aus dem Augenwinkel zu verfolgen. Der Blick des schwarzäugigen Mädchens wanderte zwischen uns hin und her, und dann rückte sie näher zu mir, als könnte sie irgendwie hören, wie mein Fleisch an meinen Knochen hochkroch, um von ihm wegzukommen.

„Ich sehe, die Beulenpest hat dich nicht sehr ausgebremst", sagte er und blieb mit verschränkten Armen ein Stück von uns entfernt stehen.

Ich senkte meinen Kopf tiefer in meine Kapuze und hasste die Geschmeidigkeit seiner Stimme, wie sie klang, als hätte er keine Sorge in ganz Amaria. Das Gewicht des Dolchs schmiegte sich an meinen Knöchel. Ein Zittern durchfuhr mich, so sehr wollte ich danach greifen und auf seine Kehle losgehen. Wut entfaltete sich in mir, versengte und verbrannte alles auf ihrem Weg. Verschwommene rote Flecken drängten sich in mein Blickfeld, und meine

Hände waren so fest geballt, dass sich meine Fingernägel in meine Handflächen gruben.

„Hallo?", sagte er.

Ich könnte es jetzt beenden. Sofort. Scheiß auf die Zeugen.

Jemand schrie auf der anderen Seite der Turnhalle auf.

„Ich sagte kein Kontakt", schnappte Ramsey und marschierte quer durch den Raum.

Etwas Weiches schob sich in meine Faust. Ein Taschentuch, wie ich erkannte. Ein Taschentuch für die heißen Tränen, die mein Gesicht hinunterliefen. Ich hatte nicht einmal bemerkt, dass ich geweint hatte. Nachdem ich einige davon weggetupft hatte, sah ich meine Partnerin vor mir stehen. Ich folgte ihrem Blick zu dem Neuling auf der anderen Seite des Raums, der eine blutige Nase hatte.

„War... war das du?", fragte ich sie und zeigte auf den blutenden Schüler.

Sie sagte kein Wort.

Trotzdem musste ich irgendwie meine Gefühle in Ramseys Gegenwart zügeln und versuchen, natürlich zu wirken. Ich dachte, ich könnte mich von dem Verlust meines Bruders und dem Wiedersehen mit Ramsey distanzieren, um Rache zu nehmen, aber ich hatte mich geirrt. Das würde mich jedoch nicht aufhalten. Es würde nur bedeuten, dass ich die Sache anders angehen müsste. Ich müsste aufhören so zu tun, als könnte ich eine kaltblütige Mörderin sein, und stattdessen meine Emotionen gären lassen, bis ich explodierte. So wie sie es vor Sekunden fast getan hätten. Aber irgendwo anders, wo ich allein wäre, an einem leeren Ort, wo ich mich von hinten an ihn heranschleichen könnte.

Offensichtlich nicht vor Zeugen. Mensch, was hatte ich mir nur dabei gedacht?

„Das war's für heute, alle zusammen", befahl er, seine Stimme angespannt, während er dem Schüler mit der blutigen Nase hinterhersah, der aus der Tür rannte. „Geht essen."

„Danke", sagte ich zu dem Mädchen mit den Zähnen.

Ihre schwarzen Augen glänzten wie Käferflügel, und sie drehte sich auf dem Absatz um, um sich den anderen zum Mittagessen anzuschließen.

Im Versammlungsraum suchte ich nach ihr, während ich Sephs Münzen auf den Tisch rollte, aber ich sah sie nicht. Schnell stapelte ich Mini-Laibe goldenen Brotes, mit Samen und Körnern bestreut, auf zwei Teller, dazu geschnittenes Fleisch und Käse, eingelegte Eier, orangefarbene Würfel, die wie irgendeine Art Melone aussahen, und Schokoladenkekse von der Größe meines Kopfes.

Als ich mich umdrehte, um zurück zum Schlafsaal zu gehen, sprintete jemand vom Tisch der Älteren durch die

Doppeltüren, sein Gesicht in einem hässlichen Grünton. Gift? Ich begann mich immer glücklicher zu schätzen, dass ich mich mit Seph angefreundet hatte.

Sie schlief allerdings, als ich in unser Zimmer kam, also sprach ich ihren Gifterkennungszauber und machte mich dann an meinem Schreibtisch sitzend über mein Mittagessen her. Der Rest des Nachmittags war schrecklich langweilig mit weiteren Verteidigungslektionen in fast jeder einzelnen Klasse. Psychischer Schutz im Wahrsageunterricht, wo sich die Sicherheitsausrüstung in Untoter Botanik befand, und im Lateinunterricht... Nun, es hatte mich nach weißer Magie sehnen lassen, die keine tote, dunkle Sprache erforderte.

Nach dem Unterricht ging ich nach Seph sehen. Immer noch schlafend, obwohl sie an ihrem Mittagessen gepickt hatte. Mit dem Gefühl, eine miese Diebin zu sein, nahm ich zwei weitere Münzen aus ihrer zweiten Schublade und ging dann zum Abendessen, fest entschlossen, ihr einen Teller mitzubringen.

Als ich den Versammlungsraum betrat, brachen am Tisch der Zehntklässler laute Schreie aus.

„Sie leben", rief jemand. „Was sollen wir tun?"

Ich sog scharf die Luft ein, als ich es sah. Die Hühnchenschenkel und -flügel, die wir zum Abendessen haben sollten, waren auf ihrem Tisch zum Leben erwacht.

Jemand hatte mehrere Paare von Beinen zusammengebunden, Flügel an den Rücken befestigt und jedem der Vögel Apfelköpfe gegeben. Die Dinger bewegten sich ruckartig, zuckten in Zeitraffer über den ganzen Tisch. Der gesamte Tisch der Zehntklässler floh aus dem Raum und versuchte dabei, unschuldig auszusehen. Die an den umliegenden Tischen sprangen aus dem Weg, einige quiekten, andere lachten sich halb tot.

Ein paar Professoren am Lehrertisch murmelten einige Worte, und die Hühner fielen wieder tot um.

„Ehrlich", sagte Echo zu dem schwarzäugigen Mädchen aus P.P.E. auf ihrem Weg hinaus, „bei Hühnchen auf dem Speiseplan an der Nekromanten-Akademie scheint es doch offensichtlich, dass so etwas passieren würde."

Sie hatte Recht. Die Köche hatten sicherlich ihren Spaß mit uns.

„In eure Schlafsäle. Alle", rief Professor Lipskin wütend, sein kahler Kopf glänzte im Fackelschein. Er war sogar kahler als Seph. „Wenn es etwas gibt, das ich hasse, dann sind es unerträgliche Schüler, die eine perfekt schöne Mahlzeit ruinieren."

Er war mein Professor für Untote Botanik und hatte heute Nachmittag über all die anderen Dinge doziert, die er hasste, bevor er zur Sicherheitsausrüstung überging. Die Geräusche des Atmens, Lächeln, glitzernde Dinge und

Bewegungen jeglicher Art, hatte er gesagt. „Wenn ich eines davon sehe oder höre, werde ich dafür sorgen, dass ihr es nie wieder tut." Also hatten wir für den Rest der Stunde mehr oder weniger den Atem angehalten und nicht einmal geblinzelt. Spaßige Zeiten, besonders für eine ganze Stunde.

Murrend begannen alle Schüler, aus dem Versammlungsraum zu strömen. Ich bezahlte schnell am Tisch und belud dann zwei Teller, bevor ich ihnen folgte, und stell dir vor, ich landete direkt hinter Ramsey. Er war auf beiden Seiten von seiner Gruppe von Freunden umgeben, sowohl Mädchen als auch Jungs.

Ich musste wissen, ob er bald allein sein würde. Während ich meine zwei Teller jonglierte, fischte ich in meiner Tasche. Die Hand des toten Mannes war weit gespreizt. Und ich hatte immer noch meinen Dolch. Ein dunkler Funke entzündete sich in mir.

Ich wollte wissen, wo sein Zimmer war, wer sein Zimmergenosse war, musste wissen, wie viele Schritte er brauchte, um dorthin zu gelangen, sowie seinen gesamten Tagesablauf, um die eine Sekunde zu finden, in der er allein sein würde.

Hoffentlich würde es heute Abend sein.

Ich blieb ein wenig im Eingangsbereich zurück und beobachtete ihn, wie er die Treppe der Jungen hinaufstieg, während ich nach einem Versteck für meine zwei Teller mit Essen suchte. Da, hinter der Treppe, ein perfekter Ort außerhalb der Reichweite der flackernden Fackeln. Nachdem ich die Teller abgestellt hatte, drückte ich mich in die Schatten zwischen den Fackeln.

Ich griff in meine Tasche, packte die Hand des toten Mannes und flüsterte: „*Umbra deambulatio.*"

Die Hand des toten Mörders führte mich in die Schatten, und die Schatten absorbierten mich. Dies war ein mächtiger Unsichtbarkeitszauber, aber es war nicht nur das Sprechen der Worte und das Werden eines Schattenwanderers. Dies war große Magie, dunkle Magie, und nur wenige konnten überhaupt die Worte selbst aussprechen. Es hatte viel Übung gekostet, und ich hatte einige Opfer bringen müssen. Eines davon war die Hand des toten Mannes in meiner Tasche, die ich selbst ausgegraben und abgehackt hatte, nachdem ich den totesten, dunkelsten Mörder gefunden hatte, den ich auf einem von Maradays Friedhöfen finden konnte. Und zweitens mein natürliches weißblondes Haar, das zu schimmernd gewesen war, um ein Schatten zu werden, daher die Kohlefärbung, die ich jetzt benutzte.

Schatten klammerten sich an die Dunkelheit, was im wörtlichen Sinne offensichtlich erschien, aber auch im übertragenen Sinne zutraf. Die Schatten nahmen einen

Teil meiner Essenz, um sich um mich herum zu verdunkeln. Die Essenz, die ich den Schatten gab, würde ich nie zurückbekommen, und es konnte mich schwächen, je länger ich es tat. Aber vielleicht der größte Nachteil war, dass die Essenz, die ich gab, mein Licht war, das Gute in mir, der Teil in mir, der mir einen Platz an der Weißen Magie-Akademie eingebracht hatte. Der Grund, warum ich diesen Zauber zum Funktionieren brachte – denke ich jedenfalls –, war meine unberechenbare Wut, die immer köchelte, immer angetrieben von meinem Bedürfnis nach Rache nach Leos Ermordung. Sie hatte mein Licht fast verdunkelt und meine Magie grau gefärbt.

Ich schlich von Schatten zu Schatten und kam mühelos an Schülern vorbei auf meinem Weg zur Treppe. Dann, schnell wie ein Mord, kroch ich die Stufen hinter Ramsey her.

Er und seine Freunde stiegen immer höher bis zum vierten Stock.

„Morgen Diabolicals", sagte einer von ihnen mit leiser Stimme. „Wir müssen etwas wegen Professor Wadluck unternehmen."

Die anderen nickten und schienen genau zu wissen, was das alles bedeutete. Professor Wadluck war verschwunden, hieß das also, sie wussten, wo er war? Weil sie ihn dort hingebracht hatten oder aus einem anderen, weniger bedrohlichen Grund?

Einer der Jungs öffnete die Tür zu ihrem Flügel, und die anderen folgten ihm hindurch.

„Oh Mist, ich hab was vergessen", verkündete Ramsey. „Bin gleich zurück."

Er drehte sich um und kam die Stufen zu mir herunter, seine Hand wühlte in einer Tasche seines Umhangs. Wohin konnte er nach dem Abendessen ganz allein unterwegs sein? Versuchte er, vor dem Schlafengehen noch einen kleinen Mord zu begehen?

War er hinter Seph her? Was auch immer er früher getan hatte, hatte sie schließlich ohnmächtig werden lassen.

Er ließ seinen Blick über die leere Dunkelheit der Eingangshalle unter ihm zur Treppe der Frauen schweifen.

Selbst als Schatten hämmerte mein Herzschlag eine Warnung zwischen meinen Ohren. Auf keinen Fall würde ich ihn so weit kommen lassen. Das war es. Zeit, ihn zu erledigen, sobald er an mir vorbeiging und ich in seinem Rücken wäre. Das Treppenhaus war ansonsten verlassen.

Ich löste mich leicht von den Schatten und schob mich auf die Stufen vor ihm, wo er gar nicht hinsah. Ich bereitete mich darauf vor, körperlich zu werden, meinen Dolch zu greifen und zuzuschlagen.

Im letzten Moment nahm er die Hand aus der Tasche und schleuderte den Inhalt auf mich. Die Schatten tropften augenblicklich von mir ab und machten mich wieder körperlich. Er drückte seinen Unterarm gegen meine Brust und presste mich hart genug gegen die Wand, um meine Kapuze zurückzuwerfen. Kalter Stahl drückte sich gegen meinen Hals.

Ein Messer.

Er hatte ein Messer.

Und er trug genau dasselbe bedrohliche Grinsen wie damals, als er über meinem toten Bruder stand.

Kapitel Fünf

Sengende Wut kochte in mir hoch und kroch meine Kehle hinauf, um mich zu ersticken. Der Mörder meines Bruders verdrängte mit seiner schieren Größe und der Intensität, die in Wellen von ihm ausging, alles andere. Ich machte einen verzweifelten Griff nach dem Dolch in meinem Stiefel – oder versuchte es zumindest –, aber das Gewicht seines Körpers, der gegen meinen ganzen Körper drückte, schränkte meine Bewegungen stark ein.

„Dann mach schon", presste ich hervor, aber meine Stimme klang wie Teeblätter, die auf den Boden rieseln.

Das irre Grinsen auf seinem Gesicht verwandelte sich in eine Grimasse. „*Du*. Warum bist *du* hier?" Er wich zurück und ließ sein Messer sinken. Seine stürmisch grauen Augen musterten mein Gesicht, sein Gesicht war vor Misstrauen angespannt.

Ich blinzelte und konnte für einige kostbare Sekunden nichts anderes begreifen als meine lodernde Wut. Dann prasselten die Erkenntnisse auf mich ein: Ich lebte noch. Er hatte mich nicht getötet. Er sah mich nicht an, als würde er mich kennen, obwohl wir uns schon einmal angestarrt hatten, als Leos Leben mit blutigen Fingern nach meinen Stiefeln griff.

„Du weißt, wer ich bin", zischte ich.

„Ja. Eine Studienanfängerin." Er nahm eine Scheide aus seiner Tasche, sicherte sein Messer und steckte es dann wieder ein. Sein Blick war abweisend, als wäre ich keine Bedrohung mehr.

Aber ich verfolgte jede seiner Bewegungen, mein Magen verkrampft, wartend. Wartend auf diesen tödlichen Schnitt. Wartend auf meine Chance, nach meinem eigenen Messer zu greifen. Doch während in meinem Inneren alles zum Sprung bereit war, stand er locker da, entspannt, als würde so etwas jeden Tag passieren.

„Wie heißt du?", fragte er.

„Dawn Cleohold."

Keine Spur von Erkennen huschte über sein Gesicht. Vielleicht hatte er meinen Bruder nicht gekannt, als er ihn tötete.

Er verschränkte die Hände vor sich und betrachtete mich kühl. „Und was machst du hier, Dawn? Die Mädchenschlafsäle sind auf der anderen Seite."

Männerstimmen waren von unten zu hören, ebenso wie eine Herde von Schritten. Ich hatte meine Chance verpasst, da sie jeden Moment bei uns sein konnten. Also, wenn ich nicht hier war, um ihn zu töten, dann...

„Ich bin hier, um dich um Hilfe zu bitten", platzte es aus mir heraus. „Ich bin nervös wegen der Semesterprüfung in P.P.E. Ich bin nicht... athletisch."

Das war gelogen. Mit Leo als älterem Bruder musste ich athletisch sein, um ihm im ganzen Haus hinterherzujagen, nachdem er das Brot von meinem Teller stibitzt hatte, was bekanntlich ein Verbrechen war.

„Es ist der erste Schultag", sagte Ramsey achselzuckend. „Du hast noch jede Menge Zeit."

Nein, hatte ich nicht. Und wenn zusätzliche Hilfe mich mit ihm allein sein ließ...

Die Stimmen und Schritte kamen immer näher.

„Vielleicht könntest du mich ein paar Mal die Woche trainieren. Mir beibringen, Schläge auszuteilen wie du, mich so schnell zu bewegen wie du." Meine Stimme klang normal genug, aber innerlich kochte ich. Ich hätte mir nie vorstellen können, ausgerechnet ihn um Hilfe zu bitten und ihn dafür zu komplimentieren, wie er sich bewegte. Was auch immer nötig war.

Was auch immer nötig war.

Die Herde trampelte dann die Stufen zu uns hoch und bahnte sich ihren Weg zwischen uns hindurch, wobei sie mir neugierige Blicke zuwarfen und Ramsey wissend anlachten und auf den Rücken klopften.

Als sie endlich durch die Tür gegangen waren, verschränkte Ramsey die Arme und schaute mich hart an. „Ich trainiere dich im Austausch wofür?"

Ich hatte nichts, nicht einmal Geld für Essen. Nun, es war eine gute genug Ausrede gewesen, um hier an diesem Ort zu sein. Wen kümmerte es, wenn es nicht funktionierte? Ich würde mir etwas anderes einfa–

„Schattenwandern", sagte er.

„Was?"

„Ich trainiere dich im Austausch dafür, dass du mir beibringst, wie man schattenwandert." Er verengte die Augen. „Das ist *dunkle* Magie."

Ach wirklich? Das war mir gar nicht aufgefallen.

Das war nicht der Verlauf der Ereignisse, den ich erwartet hatte. Ich sprach mit dem Mörder meines Bruders darüber, dass er mich im Kampf trainieren würde im Austausch dafür, dass ich ihm das Schattenwandern beibrachte? Um sich herumzuschleichen und ein noch besserer Mörder zu werden?

Nein. Nein, denn ich würde es nicht so weit kommen lassen.

„Gut, dann. Wir fangen morgen an." Ich stolperte von ihm weg, meine Gedanken in einem wütenden Aufruhr.

„Morgen nach dem Abendessen", rief er mir nach, und ich spürte seinen Blick, der meinen Rücken mit der Präzision einer geschärften Klinge sondierte.

Glaubte er mir wirklich? Es spielte keine Rolle.

Ich hätte nicht gedacht, dass es möglich wäre, aber ich hasste ihn jetzt noch mehr. Wie er allen anderen etwas vorspielte, mit Lächeln und Witzen und schnellen Antworten, bis er in die Ecke gedrängt wurde. Aber dann hatte er mich in die Ecke gedrängt. Ich durfte nicht zulassen, dass das noch einmal passierte. Es hätte beim ersten Mal nicht passieren dürfen. Was war das gewesen, was er auf mich geworfen hatte? Ich zupfte an meinem Ärmel, und kleine Körnchen rieben sich an meinen Fingerspitzen. Schwarzes Salz, wurde mir klar, wahrscheinlich verzaubert, um versteckte Magie zu enthüllen.

Mir wurde bewusst, dass ich meine Schattenwandler-Form nicht angenommen hatte, bis ein paar Studenten im zweiten Jahr kichernd an mir vorbeiliefen, als sie die Treppe zu ihrem Schlafsaal hochgingen.

„Nicht sehr subtil dabei", sagte einer.

Der andere ging direkter vor mit: „Wie viel?"

Ja. Wunderbar.

Es brauchte jede Unze Selbstbeherrschung, die ich hatte, um nicht auf sie loszugehen. Gewaltsam. In letzter Zeit balancierte ich am Rande zwischen Dunkelheit und Licht wie meine graue Magie, und je mehr ich in den Schatten wandelte, desto näher neigte ich mich dieser dunklen, gefühllosen Weite zu.

„*Umbra deambulatio*", sagte ich und nahm die offene Hand des toten Mannes.

Ich tauchte in die Schatten ein, völlig unsichtbar, und fegte die restlichen Stufen hinunter.

Im Eingangsbereich unterhielten sich Professoren leise in kleinen Gruppen, und sie bemerkten nicht, wie ich aus der Dunkelheit trat. Oder es versuchte. Schattenhafte Finger krallten sich über meine Schultern und zerrten an meinem Umhang. Ich schüttelte sie ab, hatte aber keine Ahnung, was passieren würde, wenn ich es nicht könnte.

Ich nahm die zwei Teller mit Essen, die ich versteckt hatte, und machte mich auf den Weg zurück zu meinem Zimmer – doch ich erstarrte vor Schreck vor unserer Tür. Drei Kratzer zogen sich über das Holz. Wie Krallen, aber viel größer als die einer Katze. Und mein Schutzsymbol war verschwunden.

Ein Schauer lief mir über den Rücken, als ich die Tür aufriss.

Aber Seph war nicht da.

Ich blinzelte durch unser Zimmer und bemerkte die zerknitterten Decken auf ihrem Bett und ihre Stiefel, die noch neben ihrem Schreibtisch standen.

„Nebbles?", sagte ich und stellte die Teller auf meinen Schreibtisch.

Ich fand die Katze unter dem Bett, und als sie mein Gesicht sah, fauchte und spuckte sie. Ihre Ohren lagen flach an und ihre Augen waren riesig.

„Wo ist sie?", fragte ich.

Das brachte mir einen Hieb ein, aber sie war zu weit in die hintere Ecke gekrochen, um mich zu treffen.

„Hör zu", sagte ich so ruhig wie möglich, „ich weiß, du willst mir am liebsten das Gesicht zerfetzen, aber ich werde sie finden, okay? Und dann lässt du mich vielleicht mit einer Kuschelattacke über dich herfallen?"

Sie gab einen Laut von sich, von dem ich nicht wusste, dass Katzen ihn überhaupt machen konnten. Also keine Kuschelattacke.

Ich stand auf. Das Badezimmer. Natürlich war sie dort.

„Bin gleich zurück, Nebbles", rief ich.

Ich eilte den Flur hinunter, um sicherzugehen, in meiner echten Gestalt, nicht als Schatten, und wich den Mädchen aus, die aus dem Zimmer am Ende des Flurs kamen und gingen. Da sie ihre Stiefel nicht trug, suchte ich unter den Kabinen nach nackten Füßen und wartete eine Weile, falls sie aus einer der vier mit Vorhängen abgetrennten Badewannen in der Ecke treten würde.

Sie war nicht dort.

Angst ballte sich in meinem Magen zusammen und zog sich mit jeder Sekunde, in der ich sie nicht sah, fester zusammen. Nach ihrer Ohnmacht vorhin ... Ich traute der Sache nicht. Und ich traute Ramsey verdammt nochmal nicht. Wenn sie bei jemand anderem wäre, traute ich denen nicht. Wo sonst könnte sie –

Da. Den Flur hinunter kam sie aus einem Zimmer, das nicht unseres war, und schritt auf die Tür zum Treppenhaus zu. Ihr dünnes, buntes Kleid flatterte um ihre nackten Füße. Wie sie nicht vor Kälte umkam, würde ich nie verstehen.

„Seph", rief ich, Erleichterung ließ meine Stimme zittern.

Aber das Gefühl war nur von kurzer Dauer. Sie bewegte sich mit einer einzigen Zielstrebigkeit, ihre Schritte eilig, ihr Blick geradeaus gerichtet. Ein Stich der Vertrautheit traf mich, als ich ihr nacheilte, während sich gleichzeitig nervöser Schweiß an mir festklammerte und meinen Mund austrocknete.

Aber es konnte nicht so sein. Es konnte nicht so sein wie das, was Leo passiert war, bevor er starb. Das und sein Tod waren zwei getrennte Ereignisse, und doch ...

Ich huschte an dem Zimmer vorbei, aus dem sie gekommen war, leer bis auf die üblichen Schlafsaalmöbel, halb ausgepackte Koffer ... und eine Menge flackernder schwarzer Kerzen, die in einem Kreis angeordnet waren, der von Zickzacklinien aus Salz auf dem Boden durchschnitten wurde. Ich kannte dieses Symbol nicht und wusste nicht, ob Seph es gemacht hatte.

Sie war fast an der Tür zum Treppenhaus, und ich war fast bei ihr. Ich wirbelte vor sie, um ihr den Weg zu versperren, und keuchte dann bei ihrem glasigen Blick.

Oh nein. Mein Magen drehte sich heftig. Sie schlafwandelte tatsächlich, so wie Leo es etwa eine Woche vor seinem Tod begonnen hatte. Ich erkannte den leeren Blick, die Ausdruckslosigkeit. Das war doch nur ein Zufall, oder?

„Seph", flüsterte ich im selben ruhigen Ton, den ich bei ihm benutzt hatte. „Du schlafwandelst."

Sie drehte sich, als wolle sie um mich herumgehen, ihre Bewegungen automatisch, aber ich trat zur Seite vor sie und nahm sie sanft bei den Ellbogen.

„Seph, ich bringe dich wieder ins Bett, okay?"

Leo, ich bringe dich wieder ins Bett, okay? Dies war eine exakte Kopie all jener Nächte, in denen Leo sich nicht um mich kümmerte, sondern ich mich um ihn kümmerte. Jetzt kümmerte ich mich um Seph. Oder versuchte es zumindest. Ohne auch nur zu blinzeln, wand sie sich aus meinem Griff und ging wieder auf die Tür zu.

Was bedeutete das? Tat Ramsey das? Plante er, auch Seph zu ermorden? Aber warum?

Ich stellte mich wieder vor Seph, aber sie wich mir zu schnell aus und schlüpfte durch die Tür zum Treppenhaus. Während Hilflosigkeit meine Brust zusammendrückte, folgte ich ihr. Unmittelbar nachdem ich Leo zurück in sein Bett gekämpft hatte, wo er bewusstlos zusammengebrochen war, hatte ich jedes Buch über Schlaf durchforstet, das mir einfiel, um irgendeine Erklärung dafür zu finden, warum ihm das passierte. Ich hatte keine gefunden, die auf ihn zutrafen, aber ich hatte auch gelesen, dass Schlafwandler nicht geweckt werden sollten, wenn die Ursache unbekannt war.

Also konnte ich jetzt wirklich nur versuchen, sie sanft zurück ins Bett zu locken.

„Seph", flüsterte ich, aber selbst das hallte im stillen Treppenhaus wider. Ich blickte über das Geländer in den fackelbeleuchteten Eingangsbereich unter uns. Er schien aus diesem Winkel leer zu sein, abgesehen von den Flammen, die über den Steinboden tanzten. Es war noch nicht die dunkle Stunde, aber ich sah keine einzige Seele durch die Schule wandern außer uns.

„Seph", zischte ich und eilte dann an ihr vorbei die Stufen hinunter, sodass ich ihr gegenüberstand. Ich breitete meine Arme aus, um ihr den Weg zu versperren. „Bitte –"

Jemand kam von ein paar Stockwerken über uns, seine Schritte waren alles andere als leise. Vielleicht ein Professor. Und er kam schnell.

Ich nahm Sephs Hand und eilte mit ihr die Treppe hinunter, weg von wer auch immer es war. Weg von unserem Schlafsaal. Ich sprang von der letzten Stufe und zog Seph um das Treppenhaus herum in eine tiefe Tasche aus Schatten. Echte, nicht meine.

Seph kämpfte gegen meinen Griff an, blieb aber unheimlich still für ihr normalerweise gesprächiges Selbst.

Vielleicht hätte ich der Person, die uns folgte, vertrauen können, hätte sie um Hilfe bitten können, aber ich tat es nicht. Ich würde es nicht tun. Vielleicht konnte Seph mir einige Antworten geben, und ich würde mich zu ihrem Schutz an sie kleben.

Ich dämpfte meinen Atem, als die Person die letzte Treppe herunterpolterte. Gegen das *BumBumBum* meines Herzens konnte ich nichts tun. Eine Professorin, die ich nicht kannte, erschien und schritt schnell in Richtung des Klassenraumflügels. Sobald die Doppeltüren hinter ihr zuklickten, ließ ich Seph los. Sie sprang auf und ging direkt auf die Ausgangstüren zu.

Scheiße. Das war genau wie bei Leo. Er war auch nach draußen gegangen, aber zu Hause, an einem sicheren Ort, dachte ich. Nicht außerhalb der Nekromanten-Akademie, wo alles tot war… oder nicht tot.

Seph blieb vor den Türen stehen, ihr leerer Blick glitt über die verschiedenen Riegel und Vorrichtungen, die uns einschlossen. Das Ganze sah kompliziert aus, ein Labyrinth aus Hebeln, Seilen und Rädern.

„Okay, Seph", flüsterte ich. „Es soll wohl nicht sein. Lass uns zurück in unser Zimmer gehen."

Aber sie zog bereits hier und da, so schnell, dass ihre Arme verschwammen. Als hätte sie das schon hundert Mal gemacht, statt dass es ihr allererster Tag hier war.

Die Doppeltüren rumpelten leise in die kalte Nacht hinaus. Es war ein ganzer Tag vergangen, seit ich draußen gewesen war oder Spuren gesehen hatte, dass es jenseits unserer fensterlosen Schule noch existierte. Die toten Bäume schwankten und verschlangen das wenige Mondlicht, das es gab. Die Meeresbrise peitschte mir ins Gesicht und ließ das Fackellicht im Eingangsbereich chaotisch tanzen. Ich schloss schnell die Tür hinter uns, damit die Fackeln nicht ausgingen. Das resultierende Klicken klang so endgültig, und ich zuckte zusammen. Glücklicherweise rastete das Schloss nicht wieder ein, sodass wir zurückgehen konnten.

Als ich mich wieder umdrehte, stand Seph nur einen Atemzug von mir entfernt. Ich wich gegen die Tür zurück, mein Herz schlug wild. Die sich verdichtenden Schatten höhlten ihre Wangen und Augen aus, und das schwache Licht schien auf die Tätowierungen in ihrem Gesicht, was ihr ein erschreckendes, schädelartiges Aussehen verlieh.

„Es ist hier", sagte sie in normaler Lautstärke, aber es klang so laut in der stillen Nacht.

Ich schluckte schwer, nicht sicher, ob ich das wirklich fragen wollte: „Was ist hier?"

Ohne ein Wort drehte sie sich um und ging die Stufen hinunter in Richtung... was? Wohin führte sie mich, und wollte ich wirklich dorthin mitten in der Nacht? Aber ich konnte sie auch nicht alleine gehen lassen.

Bei Leo war es nie so weit eskaliert. Er ging nach draußen und blieb stehen, als hätte er eine Wand getroffen, sagte nie etwas, erinnerte sich am nächsten Morgen nie daran, was er getan hatte.

Am Fuß der Treppe bog Seph scharf rechts vom Weg ab und direkt zwischen die Bäume. Eine Art Dschungel, ein wilder, verworrener mit seltsam verbogenen Ästen und rauem, unebenem Boden.

„Wo gehst du hin? Was ist hier?", keuchte ich und stolperte, als ich versuchte, mit ihr Schritt zu halten, aber sie schien genau zu wissen, wohin sie ging und wo sie ihre nackten Füße hinsetzen musste. Ihre armen Füße. Sie mussten eiskalt sein.

„Es ist hier", sagte sie wieder.

Stirnrunzelnd verschränkte ich meine Finger mit ihren, damit ich besser mithalten konnte. Seltene Mondlichtstrahlen fielen schräg zwischen verkrüppelten Ästen hindurch und schienen auf die Oberseiten von Schädeln, die halb im Boden vergraben waren. Baumwurzeln waren durch einige leere Augenhöhlen gewachsen und schienen so stark gezogen zu haben, dass lange Risse die Schädel fast in zwei Hälften gespalten hatten. Ich schauderte heftig.

Vor uns und zu unserer Linken ragten mehrere Grabsteine aus dem Boden, umgeben von einem niedrigen Eisenzaun. Fünf dicke Käfige waren um die fünf Gräber herum errichtet worden. Zwei Engelsstatuen standen an beiden Enden des kleinen Friedhofs, mit Glocken an roten Bändern, die von ihren steinernen Fingern baumelten.

Jemand wollte wirklich nicht, dass diese Leute wieder zum Leben erwachen. Und wenn doch, wollte die Akademie es über Glocken erfahren? Wer waren sie?

Aber Seph ignorierte diesen Bereich und hielt sich rechts, wo ich Blicke auf die Schule und all ihre bizarren

Winkel erhaschte. Meine Schritte knackten laut über den Schmutz, Zweige und, wie ich vermutete, alle Arten von Knochen. Nur weil ich sie nicht sehen konnte, hieß das nicht, dass sie nicht da waren.

Seph entwand ihre Finger aus meinen und eilte noch schneller voran.

„Warte..."

Ihre Silhouette verschmolz mit der Dunkelheit vor mir, ihre Schritte viel leiser als meine, und dahinter...

Dahinter. Es fühlte sich an, als hätte sich jemand dicht an meinen Rücken gepresst, der dem Rhythmus meiner Schritte folgte, aber nicht ganz. Meine Atemzüge wurden unregelmäßig. Gänsehaut überzog meinen Nacken, und pure Angst ließ meine Zunge bitter werden. Ich spannte meine Muskeln an, falls ich nach meinem Messer greifen müsste, und riskierte einen Blick zurück.

Schatten wimmelten vor Bewegung, möglicherweise vor Leben, möglicherweise vor Tod. Ich war mir nicht sicher, was schlimmer war.

Aber als ich mich wieder umdrehte, prallte ich mit der Nase zuerst gegen Seph. Sie war stehengeblieben.

„Seph?", fragte ich und ging um sie herum, um ihr Gesicht zu sehen.

Tränen liefen über ihre tätowierten Wangen, und sie schüttelte den Kopf, während sie zur Akademie hochstarrte.

„Ich kann da nicht reingehen", flüsterte sie.

„Aber... du bist doch schon drin gewesen."

„Es ist hier." Ihr Gesicht verzog sich dann, und sie vergrub ihren Kopf in ihren Händen. „Es kommt von allen Seiten auf mich zu, von innen und außen, von oben und unten." Ihre Schultern bebten vor verzweifeltem Schluchzen, der Klang so unähnlich meiner fröhlichen Zimmergenossin, dass es mir das Herz zerriss.

Alle Seiten... Alle Seiten der Schule? Ich hatte keine Ahnung, wovon sie sprach. Aber ich konnte nicht zulassen, dass Seph eine ganze Woche lang durchmachte, was Leo durchgemacht hatte. Die Ähnlichkeiten erschreckten mich, aber ich nahm mir fest vor, dass sie niemals das gleiche Schicksal erleiden würde wie er. Das stand verdammt nochmal fest.

Das musste Ramseys Werk sein. Ich wusste nur nicht, warum.

„Meine Damen", sagte eine angespannte Stimme hinter uns.

Mein Magen verkrampfte sich und fiel dann durch den schädelbedeckten Boden. Oh Scheiße, oh Scheiße, oh Scheiße.

Seph und ich drehten uns um. Direktorin Millington stand da, mit dem Rücken zum kleinen Friedhof, als wäre sie von dort gekommen und nicht aus der Schule. Ihre Fäuste ruhten auf den Hüften ihres grau gemusterten Umhangs, und ihre Lippen waren so zusammengekniffen, dass es schien, als wären sie vom Rest ihres Kopfes verschluckt worden.

Ihre Augen verengten sich zu Schlitzen, als sie zwischen uns hin und her blickten. „Was in aller dunklen und heiligen Namen treibt ihr hier mitten in der Nacht?"

Kapitel Sechs

Wenn man im Zweifel ist, sag die Wahrheit. Wir waren zwar nicht nach der dunklen Stunde draußen, aber trotzdem waren wir der Gnade von Schulleiterin Millington ausgeliefert.

Ich warf Seph einen entschuldigenden Blick zu, die zum Glück gerade die Benommenheit aus ihren Augen blinzelte, und hoffte, dass sie verstand, dass dies das Beste war. „Frau Schulleiterin, Seph hier ist schlafgewandelt. Ich bin ihr gefolgt, um sicherzugehen, dass es ihr gut geht, während ich sie gleichzeitig nicht gewaltsam geweckt habe, da ich gelesen habe, dass das falsch ist, wenn die genaue Ursache unbekannt ist."

„Seph, stimmt das?", fragte die Schulleiterin, mit einem etwas weniger bissigen Vorwurf in ihrem Ton als zuvor.

„Ich..." Sie sah sich um zu den Bäumen, die über uns aufragten, und schüttelte den Kopf, als versuchte sie, ihn frei zu bekommen. Ein Spritzer Mondlicht glitzerte auf ihren noch feuchten Wangen und auf ihrer kahlen Kopfhaut. „Ich habe keine Ahnung, wie ich hierhergekommen bin. Es tut mir leid, ich... ich bin schlafgewandelt?"

„Ja, das bist du", sagte ich und legte meine Hand auf ihre Schulter.

„Oh..." Sie klang so verloren, so geschockt darüber, sich an einem Ort wiederzufinden, an den sie sich nicht erinnerte, gegangen zu sein.

„Ist das schon einmal passiert?", fragte die Schulleiterin mit einem Anflug von Besorgnis in der Stimme.

Ich sah sie scharf an. Was wusste sie und woher wusste sie es?

„Nein, noch nie. Ähm..." Seph wischte sich die Tränen von den Wangen. „Könnten wir das vielleicht unter uns behalten und meiner Familie nichts davon erzählen?"

Ich wollte dem zustimmen, hielt aber meinen Mund verschlossen, da meine Familie dachte, ich würde die Akademie für Weiße Magie besuchen.

Die Schulleiterin blickte uns beide an und winkte uns dann, ihr zu folgen. „Lasst uns das drinnen weiter besprechen."

Seph und ich tauschten einen Blick aus und folgten dann Schulleiterin Millingtons energischen Schritten zum Eingang der Akademie. Mit der Schulleiterin und Seph wach und neben mir durch den Wald stapfend, fühlte sich mein Herz nicht mehr so an, als würde es vor Angst eine Rippe sprengen, aber trotzdem kroch noch Unbehagen meinen Rücken hinunter.

Mir gefiel das alles nicht. Ich griff in meine Tasche, nur um festzustellen, dass die Hand des toten Mannes geschlossen war. Ich brauchte Antworten, aber wann würde ich sie bekommen? Und würde Seph so lange überleben?

Die Schulleiterin tippte die Tür auf, nur eine leichte Berührung statt eines Drehens an einem der großen Knäufe, und wandte sich dann mit einem überraschten Keuchen an Seph, als ihr etwas aufzufallen schien. „Wie hast du die Tür aufbekommen?"

„Ich..." Seph blinzelte und sah dann zu mir.

„Sie hat sie aufgeschlossen, als hätte sie es schon hundert Mal zuvor getan. *Ist das wichtig*?" Die Frage schnitt lauter durch die Nacht, als ich beabsichtigt hatte.

Schulleiterin Millington scheuchte uns hinein und schwebte in ihrem wallenden grauen Umhang so schnell über den Steinboden, dass wir uns beeilen mussten, um

Schritt zu halten. Mit einer Handbewegung schloss sich die Tür und sperrte uns wieder sicher ein.

„Frau Schulleiterin", sagte ich, nicht willens, meine Frage unbeantwortet zu lassen.

Sie führte uns in den Versammlungsraum, der leer, dunkel und verdammt unheimlich war, aber sobald sie nach uns eintrat, entzündeten sich die Fackeln an den Wänden.

„Gustafson, Tee, bitte", sagte sie.

Eine metallbespickte schwarze Teekanne und drei Tassen mit Untertassen erschienen auf dem Tisch der Erstklässler sowie ein Teller mit Keksen. Kein Gustafson in Sicht. Seltsam und zutiefst beunruhigend. Wer lauerte sonst noch um uns herum, den ich nicht sehen konnte? Wer hatte mich sonst noch gesehen, als ich dachte, ich wäre allein?

„Bedienen Sie sich, meine Damen." Die Schulleiterin ging zum Tisch und setzte sich, und wir ließen uns ihr gegenüber nieder, füllten unsere Teetassen und nahmen jede einen Keks, mehr aus Höflichkeit als aus irgendeinem anderen Grund. „Haben Sie draußen etwas gesehen? Etwas gehört?"

Seph knabberte an ihrem Keks. „Ich habe geschlafen, also... nicht wirklich."

Ich nahm meine Teetasse mit beiden Händen, meine Nerven so angespannt, dass sie zitterten. „Ich weiß nicht. Es könnte ein Trick der Schatten gewesen sein, aber ich war hauptsächlich auf Seph konzentriert."

Sie fing meinen Blick auf und verzog ihre Mundwinkel zu einem winzigen, dankbaren Lächeln.

„Hat Sepharalotta etwas gesagt?", fragte die Schulleiterin.

Ich biss mir auf die Unterlippe und starrte in die Tiefen meines Tees, dann sah ich mit einem Zucken zu Seph. Warum fühlte es sich an, als würde ich Seph den Wölfen zum Fraß vorwerfen, indem ich über sie sprach, als wäre sie nicht hier? „Sie sagte ‚Es ist hier' und ‚Ich kann da nicht reingehen'."

„Und Sie haben keine Ahnung, worauf sie sich bezog?"

„Nun ja..." Ich räusperte mich und warf Seph einen weiteren entschuldigenden Blick zu. „Sie sagte auch, sie könne nicht in die Turnhalle gehen, bevor sie heute früher ohnmächtig wurde."

„Sie ist in Ohnmacht gefallen?" Schulleiterin Millington erbleichte und bedeckte ihre nicht vorhandenen Lippen mit ihrer Hand, ihre Finger zitterten.

Ihre Reaktion raubte mir den Atem. Ich konnte nur erahnen, was Seph denken musste. Irgendetwas stimmte definitiv nicht.

„Bitte, Frau Schulleiterin, mein Bruder...", platzte es aus mir heraus, meine Stimme so leise, dass ich mir nicht einmal sicher war, was ich gesagt hatte. Ich schloss meinen Mund abrupt, wollte weitersprechen, aber gleichzeitig auch nicht.

„Ihr Bruder..." Die Schulleiterin starrte mich einen langen Moment an, und dann dämmerte es ihr in ihren scharfen dunklen Augen. „Leo Cleohold?"

Ich nickte, ein wenig in mich zusammensinkend bei all den aufgewühlten Gefühlen, die allein sein Name hervorrief. Seph beobachtete mich genau, wahrscheinlich fragte sie sich, was Leo mit ihr zu tun hatte, und ich stellte meine Teetasse ab, bevor ich sie fallen ließ.

„Er kam hierher für ein Vorstellungsgespräch", sagte die Schulleiterin, und dieselbe Freude, die die Gesichter aller erfüllte, wenn sie über ihn sprachen, erhellte auch ihres. „Ich habe ihm sofort einen Job angeboten. Er hatte einen hervorragenden Hintergrund in allen möglichen Arten von Magie, aber ich bin sicher, Graystone ist froh, ihn zu haben."

Sie wusste es nicht. Natürlich wusste sie es nicht. Ich nahm einen Keks und stopfte ihn mir in den Mund, um Zeit zu gewinnen.

Schulleiterin Millington musste den Anflug von Schmerz in meinen Augen gesehen haben, von dem ich sicher war, dass er dort war, denn sie beugte sich vor, ihre Stirn in Falten gelegt. „Ist ihm etwas zugestoßen?"

Die Keksbissen blieben mir auf halbem Weg zum Magen stecken, und ich legte ihn zurück auf den Teller, mein Inneres rumorte. „Er ist tot."

Die Worte klangen so leer, so... schwach, denn er war nicht einfach nur tot, er war weg. Für immer. Selbst wenn ich es könnte oder wollte, Nekromantie funktionierte bei Menschen nicht gut. Sie kamen... mordlustig zurück, weshalb wir eine ganze Klasse von abschreckenden Beispielen hatten. Außer diesem Ryze-Typ anscheinend, der Leute problemlos wiedererwecken konnte.

Seph bedeckte ihren Mund und stieß einen schweren Seufzer aus. „Oh, Dawn. Das tut mir leid."

„Mir tut es auch leid." Die Schulleiterin legte ihre Hand aufs Herz und starrte verwirrt auf den Tisch. „Ihre Familie muss am Boden zerstört sein."

Das war eine Möglichkeit, es auszudrücken. Meine Eltern weinten fast ständig, während ich sofort damit begann, Rache zu planen.

„Vorhin...", begann Schulleiterin Millington, „sagten Sie 'mein Bruder', als wir über Seph sprachen. Warum? Schlafwandelte Ihr Bruder?"

Ich sah Seph an, unsicher, ob ich es sagen sollte, weil ich sie nicht erschrecken wollte, aber wenn ich es nicht täte, würde ich vielleicht die Antworten nicht bekommen, von denen ich bis heute Abend nicht wusste, dass ich sie brauchte. Sie und Leo waren irgendwie... verbunden. Sanft umschloss ich Sephs Hand mit meinen Fingern und drückte sie.

„Ja", flüsterte ich.

Seph versteifte sich, und ihre Hand fühlte sich wie Eis in meiner an.

„Er ist nicht du, es war anders bei ihm", platzte es aus mir heraus, in dem Versuch, sie zu beruhigen.

„Wann fing er an zu schlafwandeln?", fragte die Schulleiterin.

„In der Nacht, nachdem er von seinem Vorstellungsgespräch hier zurückkam."

„Und wann starb er?", fragte Seph, ihre Stimme schwankte.

Ich zuckte zusammen und hasste diese ganze Situation so sehr. „Eine Woche später. Auf den Tag genau."

„Eine Woche..." Seph legte ihre Handfläche flach auf den Tisch, als würde sie gleich von hier verschwinden, für immer.

Schulleiterin Millington verengte ihre Augen, als würde sie in einer Erinnerung suchen. „Er war hier..."

„Ja, ich weiß", sagte ich geistesabwesend und verstärkte meinen Griff um Seph.

Die Schulleiterin schüttelte den Kopf. „Nein, ich meine nach seinem Vorstellungsgespräch. Er kam zurück und sagte, er würde... Stimmen hören."

Mein Atem stockte. Er hatte mir davon kein Wort gesagt. Warum? Warum, wenn ich doch hätte versuchen können, ihm zu helfen, bevor es zu spät war? Was hatte er mir noch alles verschwiegen?

„Was für Stimmen?", flüsterte ich.

„Er wollte es nicht sagen, aber er bat um Hilfe." Sie schloss kurz die Augen. „Hilfe, die ich ihm nicht geben konnte."

„*Warum nicht*?" Meine Stimme bebte vor Wut und Herzschmerz, so vertraut für mich inzwischen, dass ich mir nicht sicher war, ob ich je wieder etwas anderes fühlen könnte.

„Es war nicht so, dass ich nicht wollte", sagte sie ruhig. „Es war so, dass ich nicht konnte, also trug ich sein Problem denen vor, die ihm helfen konnten, und als ich nichts mehr von ihm hörte, dachte ich... Ich dachte, das Problem wäre gelöst."

„Wie ist er gestorben, Dawn?", fragte Seph, so leise, dass ich es fast nicht hörte.

Ich öffnete den Mund, um zu sprechen, aber die bitteren Worte klebten an meiner Zunge.

„*Wie*, Dawn?", flehte sie.

„Mord", brachte ich schließlich heraus, aber ich biss fest auf alles andere. Ramsey war meine Angelegenheit, mein Geheimnis, das ich zu tragen hatte.

„Oh Götter..." Die Schulleiterin sprang auf und wandte sich vom Tisch ab, ein heftiger Schauer rieselte ihren Umhang hinunter.

Seph nickte, ihre Augen füllten sich mit Tränen, und sie zog ihre Hand aus meiner, als hätte ich ihr Unrecht getan, indem ich ihr die Wahrheit sagte. Und das hatte ich. Ein schwerer, fauliger Klumpen Schuld bohrte seine Dornen in den Boden meines Magens und blieb dort, schwärend. Sie hatte das nicht verdient, und ich würde alles in meiner Macht Stehende tun, um sie von Ramsey fernzuhalten.

Aber die Frage hing immer noch über meinem Kopf, tödlich und scharf: *Warum*? Warum Leo? Warum Seph? Warum passierte das?

Schulleiterin Millington drehte sich zu uns um. „Meine Damen, ich möchte, dass Sie in Ihr Schlafzimmer gehen. Sofort. Sepharalotta, versuchen Sie, nicht einzuschlafen, bis ich in ein paar Minuten dort bin. Sprechen Sie mit niemandem darüber."

„Was werden Sie tun?", fragte ich.

„Ich muss gehen", warf sie über ihre Schulter, als sie auf die Türen zuging.

„Wohin? Um zu helfen? Das letzte Mal, als jemand zu Ihnen um Hilfe kam—" Ich brach ab, die grausamen Worte erstickten in meiner Kehle. Es war nicht ihre Schuld, dass Leo tot war.

Sie blieb plötzlich in der Türöffnung stehen, und Anspannung vibrierte über ihre Schultern. Sie drehte sich um, mit einer Härte in ihren sonst so freundlichen Augen. „Das letzte Mal, als jemand zu mir um Hilfe kam, habe ich es versucht, und genau das werde ich jetzt auch tun." Sie öffnete die Türen und zeigte darauf. „Auf euer Zimmer. Sofort." Sie verschwand im Eingangsbereich.

Seph erhob sich, als würde das Gewicht der Welt auf ihren Schultern lasten, und ich hatte es dort platziert.

„Hey", sagte ich zu ihr, während wir uns auf den Weg zur Treppe machten. „Du bist dabei nicht allein. Okay? Ich gehe dahin, wo du hingehst, bis wir das hier durchschaut und gestoppt haben, und das werden wir. Ohne Frage."

„Ich sollte eigentlich gar nicht hier sein. Ich stamme aus einer langen Reihe königlicher Nekromanten, talentierte, mächtige, die Pflanzen fast ohne nachzudenken zum Leben erwecken können. Aber rate mal, wer die erste Person in der gesamten Geschichte meiner Familie ist, die nichts erfolgreich zum Leben erwecken konnte?" Sie sah mich an, Hilflosigkeit leuchtete hell in ihren Augen, und es traf mich tief. „Ich. Und jetzt das ... was auch immer hier gerade passiert? Meine Eltern sind schon angewidert davon, dass ich hier bin, weil meine Nekromantie mir nicht so natürlich von der Hand geht wie dem Rest meiner Familie. Sie würden es nie sagen, aber man merkt es, und wenn sie auch nur den Hauch von Ärger hier mitbekommen, werden sie mich rausnehmen. Dann werde ich nur noch ein Schandfleck für den Familiennamen sein. Der Außenseiter, noch mehr als ich es ohnehin schon bin."

„Das werden wir nicht zulassen. Ich verspreche es dir", sagte ich ihr, als wir begannen, die Treppe zu unserem Zimmer hinaufzusteigen.

„Wie?", flehte sie. „Nicht böse gemeint, aber was willst du denn tun?"

Mord. Bevor Ramsey an Seph herankam, würde ich ihn töten. Wenn sich das Ganze genauso abspielte wie die letzte Woche im Leben meines Bruders, dann hatte ich weniger als das, um es zu erledigen. Ich würde es tun. Ich musste es tun. Ich berührte die tote Männerhand in meiner Tasche. Geschlossen. Also könnte morgen bei unserem Training in der Turnhalle meine nächste Chance sein, wenn wir allein wären. Ich würde zuerst Antworten von ihm verlangen.

Und dann würde ich meine Rache bekommen.

Der Gedanke erfüllte mich mit solch kalter, böser Freude, dass ich wegschaute, um mein Lächeln zu verbergen. „Kannst du mir vorerst einfach vertrauen und es später herausfinden?"

„Wenn du mit später bald meinst", – mit einem großen, zittrigen Seufzer hakte Seph sich bei mir ein – „dann ja, vertraue ich dir."

Kapitel Sieben

Direktorin Millington kam spät in der Nacht vorbei mit einem Schlaftrank, der in einen Tee gemischt war, um Seph auszuknocken und ihr zu helfen, durchzuschlafen. Eine Nebenwirkung eines so starken Tranks war, dass sie denken würde, die vorige Nacht sei ein Traum gewesen. Der Trank würde wirken, bis ich ihr das Gegenmittel gab, aber sie glauben zu lassen, sie hätte die letzte Nacht geträumt, war dauerhaft. Ich konnte mich nicht entscheiden, ob das gut oder schlecht war, da es sich irgendwie anfühlte, als würde ich sie austricksen.

„Nicht mehr als zwei Tropfen des Gegenmittels", bestand die Direktorin darauf. „Mehr als das und sie wird die Wände ablecken."

War... war das eine schlechte Sache? Wenn die Wände nach Brot oder Pfannkuchen oder klebrigen Brötchen schmecken würden, würde ich sie auch ablecken.

Als ich am nächsten Morgen aufwachte, schnarchte Seph immer noch leise mit Nebbles, der sich an ihrem Hals zusammengerollt hatte, und eine Pergamentrolle war unter unsere Tür geschoben worden. Ich stand auf, um nachzusehen, und biss mir dann auf die Unterlippe, als ich sah, dass mein Name darauf stand. Ich kannte diese Handschrift. Das konnte nichts Gutes bedeuten. So leise wie möglich rollte ich das Pergament auf.

Liebe Dawn,

Dein Brief über das Familienwochenende an der White Magic Academy muss wohl nicht angekommen sein. Wir werden Samstagmorgen da sein.

In Liebe,

Papa

Nein. Nein, bitte nicht.

Ich hatte nicht einmal daran gedacht, dass meine Eltern sich die Mühe machen würden, mich zu besuchen, da sie immer noch im Elend versanken. Ich müsste ihnen zurückschreiben, sie anflehen, nicht zu kommen, aus.. . Gründen. Zu viele Hausaufgaben vielleicht. Sie hatten wahrscheinlich gedacht, ihr Rabe würde mit ihrem Brief an mich zur White Magic Academy fliegen, aber hatten nicht beobachtet, wie er in die entgegengesetzte Richtung flog. Wie hatten sie überhaupt vom Familienwochenende gehört? Es spielte keine Rolle. Ich würde nicht da sein, und sie durften das nicht wissen.

Schnell kritzelte ich einen Brief zurück, das Kratzen der Feder viel lauter als Sephs Schnarchen. Ich rollte das Pergament zusammen, schlüpfte in meine Stiefel, ohne sie zuzubinden, warf meinen Umhang über und hielt dann inne. Sie würde für ein paar Sekunden in Ordnung sein, oder? Ich würde schnell nach unten huschen, um einen Raben zu holen, der meinen Brief überbringen würde, und dann wieder nach oben kommen, kein Problem. Sicherheitshalber steckte ich jedoch das Gegenmittel in meine Tasche und verließ den Raum.

Unsere Tür war ordentlich überstrichen worden – oder verzaubert worden –, ohne eine Spur der Kratzspuren vom Vortag. Direktorin Millington, vermutete ich. Nachdem ich mich vergewissert hatte, dass die Tür fest hinter mir geschlossen war, zeichnete ich ein weiteres Schutzsymbol darauf und machte mich dann auf die Suche nach einem Raben.

Einige Schüler strömten bereits in den Gemeinschaftsraum zum Frühstück, wo die Düfte von reichhaltigem Sirup, Butter und Pfannkuchen mich lockten. In der Mitte des Eingangsbereichs winkte ich mit dem Arm nach einem Vogel, und einer flatterte herab und landete sanft auf meinem ausgestreckten Arm.

„Bring das bitte zu Mr. und Mrs. Fred Cleohold", sagte ich zu ihm und steckte die gerollte Pergamentrolle in seinen leicht geöffneten Schnabel.

Er schwang sich wieder zur Decke auf und verschwand dann wie ein Rauchschwaden. Mein Brief sollte innerhalb von Sekunden ankommen. Hoffentlich lasen sie ihn tatsächlich und gingen auf keinen Fall zu der Schule, an der ich gar nicht war.

„Schön zu sehen, dass du dich heute Morgen bemühst, Dawn. Ich mag, was du mit deinem Gesicht gemacht hast", sagte eine Stimme mit bitteren Untertönen hinter mir.

Ich drehte mich halb um. Es war die Rothaarige, die mich einen Frischling-Freak genannt hatte, makellos und wunderschön wie immer, ihre Locken wippten, als sie anmutig die letzte Stufe in den Eingangsbereich hinabstieg. Sie hatte eine Entourage von Mädchen bei sich, die alle einen ähnlich abfälligen Blick trugen, aber keine von ihnen zog es so gut ab wie sie. Sie hatte Übung. Jede Menge davon.

„Hä?" Ich hatte noch nicht einmal Kaffee getrunken, und es war viel zu früh, um wie ein Stück Fleisch auseinandergenommen zu werden.

„Hast du deinen Kopf in einen Kamin gesteckt, oder hast du dir etwas Gesichtstattoo-Tinte von deiner gruseligen Zimmergenossin geliehen?", fragte sie.

„Tinte... Was?" Oh. Scheiße. Die Kohle, die ich in meine Haare gerieben hatte, um sie schwarz zu färben... Ich würde einige Münzen darauf verwetten, dass ich sie über mein ganzes Gesicht verschmiert hatte, als ich schlief. Herrlich. Einfach herrlich.

Sie ließ ihren abfälligen Blick zu meinen Füßen hinunter und wieder zurück gleiten. „Und dein Umhang ist auf links und deine Stiefel sind nicht zugebunden. War dein erster Tag so schlimm, dass er dich in einen Obdachlosen verwandelt hat?"

Ihre Freundinnen kicherten darüber.

Sie beugte sich vor, ihre blauen Augen blitzten vor grausamem Humor. „Bist du sicher, dass du hier zurechtkommst?"

„Ich hab alles unter Kontrolle", sagte ich mit einem Schulterzucken.

Sie neigte den Kopf und tat so, als wäre sie skeptisch. Sie tat auch so, als hätte sie jemals eine menschliche Eigenschaft in ihrem Leben besessen. „Wirklich?"

„Ja. Wirklich", sagte ich und winkte ihr dann zu. „Tschüssi."

Als ich mich umdrehte, bohrten sich ihre und die Blicke ihrer Freundinnen in meinen Rücken. Also vielleicht sah ich tatsächlich aus wie ein heißes Durcheinander – Hallo, ich war ein heißes Durcheinander –, aber das bedeutete nicht, dass ich mich davon oder von ihnen stören lassen musste.

Ich rannte die Treppen zurück zu meinem Zimmer, um Seph zu wecken, und atmete erleichtert auf, als ich sie und Nebbles immer noch schnarchend vorfand. Ein Tropfen, dann zwei des Gegenmittels, trafen das Innere von Sephs Mund, und weniger als fünf Sekunden später öffneten sich ihre Augen.

„Hunger auf Wand?", fragte ich und setzte mich neben sie.

Sie blinzelte. „Hä?"

Nebbles blinzelte auch, entschied sich aber größtenteils dafür, dass es ihr egal war, und schlief wieder ein.

Seph hatte den Teil mit dem Wand-Lecken verschlafen, da die Schulleiterin zuerst die Dosierung des Schlaftranks testen wollte.

Jetzt betrachtete sie mich seltsam. Verdammt, weil ich immer noch Kohle im Gesicht hatte. Ich rieb hart daran und machte es wahrscheinlich zehnmal schlimmer.

„Hast... du Hunger auf Wand?", fragte sie.

„Immer." Ich griff nach ihrem Umhang, der am Bettpfosten hing, und reichte ihn ihr. „Weißt du, wo die Bibliothek ist? Ich würde gerne dorthin gehen, bevor unser Unterricht beginnt."

Sie warf ihren Umhang aufs Bett und löste sich vorsichtig von Nebbles, damit sie sich aufsetzen konnte. „Sieh dich an, wie du am zweiten Tag schon die Musterschülerin spielst."

„Nicht wirklich." Während sie sich den Schlaf aus den Augen rieb, stand ich auf, verschloss das Gegengift-Fläschchen und stellte es dann auf meinen Schreibtisch. „Ich möchte hauptsächlich nur ein paar Dinge recherchieren, die ich nicht aus dem Kopf bekomme."

Sie streckte ihre Arme hoch und gähnte. „Ich hab 'ne Menge Spinnweben im Kopf. Ich glaube, ich hab peinlich lange und zu gut geschlafen."

„Reib's mir nicht noch unter die Nase." Ich setzte mich neben sie und stupste ihre Schulter an, damit sie wusste, dass ich scherzte. „Fühlst du dich gut?"

„Oh, ich bin sicher, die Panik über die gestrige Ohnmacht wird sehr bald einsetzen." Sie sackte dann zusammen, ihre Schultern, ihr Mund und ihr ganzer Geist, also lenkte ich schnell auf den Brief meines Vaters und das, was unten mit der Rothaarigen passiert war, um, während wir uns beide präsentabel machten.

Zumindest schien sie sich nicht an letzte Nacht zu erinnern.

Gemeinsam machten wir uns auf den Weg zum Frühstück, bevor wir zur Bibliothek gingen.

„Weißt du... ich habe eine Möglichkeit, wie ich sie dazu bringen kann, dich in Ruhe zu lassen", murmelte Seph mir zu, als wir die letzte Stufe in den Eingangsbereich hinabstiegen.

„Wen meinst du?"

„Die Rothaarige mit den Locken", sagte sie. „Vickie heißt sie. Ich mag nicht tun, was ich im Sinn habe, aber das heißt nicht, dass ich es nicht tun werde."

Ich runzelte die Stirn und überlegte, aber dann trat ich über die Schwelle in den Versammlungsraum. Ein hitziges Prickeln traf mich von links, und ich wusste sofort warum. Ich blieb stehen und Seph rannte in meinen Rücken.

„Oh, tut mir leid. Apropos Wände...", sagte sie, aber ich hörte nicht wirklich zu.

Er saß am Tisch der Junioren, wie üblich von seinen Freunden umgeben, und durchbohrte mich mit seinem wütenden Blick. War er sauer, weil ich ihm letzte Nacht bis zu seinem Zimmer gefolgt war? Oder war er wütend, weil ich mich in das eingemischt hatte, was auch immer er letzte

Nacht mit Seph versucht hatte, indem ich sie wie meinen Bruder handeln ließ, bevor er ihn tötete? Wahrscheinlich beides. Jedenfalls verbarg er seine Wut überhaupt nicht, also tat ich mein Bestes, meine zu verbergen. Es hatte keinen Sinn, die Aufmerksamkeit auf mich zu lenken, wie er es tat. Seine Freunde warfen ständig Blicke in meine Richtung.

„Seph", sagte ich und drehte mich um. „Kannst du hier warten, während ich reingehe?" Nach gestern wollte ich sie nicht in Ramseys Nähe haben. „Ich hole uns etwas zu essen, und dann können wir zur Bibliothek gehen." Ich zuckte zusammen und hoffte, sie würde den Wink verstehen, aber sie war zu beschäftigt damit, sich auf die Zehenspitzen zu stellen und in Richtung des Erstsemester-Tisches hinter mir zu schauen. „Das ist der Teil, wo du mir Geld zum Bezahlen gibst."

„Oh, ich weiß." Sie grinste und drückte mir dann zwei Münzen in die Hand. „Ich sehe dich nur gerne zappeln."

Ich lachte, aber es klang hohl. Ich musste wirklich einen Weg finden, mein eigenes Geld zu verdienen. „Danke. Bleib hier, okay?"

Ich ließ sie dort, wo ich sie über meine Schulter noch sehen konnte, und ich spürte jeden Schnitt von Ramseys Blick wie kaltes Blut meinen Rücken hinabrinnen. Während ich Seph im Auge behielt, warf ich die Münzen auf den Tisch und belud dann zwei Teller mit Stapeln von Pfannkuchen, Bergen von Butter, süßem, süßem Sirup und mehreren Portionen Eier, Speck und Würstchen. Es gab keine Möglichkeit, dass die Bibliothek uns erlauben würde, zu essen und gleichzeitig in Büchern zu blättern, also nahm ich auch mehrere Servietten mit.

Als ich zufällig aufblickte, hatte Ramsey seinen Blick auf Seph gerichtet - die aussah, als würde sie gleich im Stehen einschlafen.

Nein. Was zum Teufel tat er mit ihr?

Ich warf einen der Servierlöffel auf den Tisch und traf ihn gleichzeitig mit einem Ausbruch von Magie. Er landete mit einem donnerartigen Scheppern. Die Schüler in meiner Nähe zuckten zusammen, und Stille legte sich über den ganzen Raum, als sich alle Augen zu mir drehten. Sogar Sephs, weit geöffnet und wach. Sogar Ramseys. Ich nagelte ihn mit einem warnenden Blick fest, einem, der vor heißer Wut aus mir herausquoll.

Wenn er einen Kampf um Seph wollte, würde ich ihm einen geben. Und dann würde ich ihn wünschen lassen, er wäre nie geboren worden.

Ich griff nach Besteck und unseren Tellern, marschierte vom Tisch weg und tat so, als würde ich direkt auf seinen Tisch zusteuern, wobei ich die ganze Zeit seinen Blick hielt. Ich würde fast alles tun, um seine Aufmerksamkeit auf mich statt auf Seph zu lenken, damit er ihr nicht wehtun konnte. Der ganze Raum folgte mir mit den Augen, und mehrere Professoren am Lehrertisch schritten die Gänge hinunter auf mich zu, als würden sie erwarten, dass ich eine Schlägerei anfange.

Und das würde ich auch, nur nicht jetzt.

In letzter Sekunde bog ich zur Tür ab und rauschte an Seph vorbei mit einem Nicken, mir zu folgen.

„Geht es dir gut?", zischte ich, als sie neben mir auftauchte. „Du sahst aus, als würdest du gleich einschlafen."

„Ich hab nur Spinnweben im Kopf, nichts Wichtiges." Sie griff herüber und nahm mir einen der Teller ab, den sie genau betrachtete. „Was zum Teufel war das gerade? Wirst du mir jemals erklären, woher du diesen Typen kennst? Du sahst aus, als wolltest du ihn umbringen."

Oh, das wollte ich allerdings.

„Wir haben... böses Blut zwischen uns." Ich schaute über meine Schulter, um zu sehen, ob er oder einer der Professoren uns folgten. Bisher niemand, aber ich huschte trotzdem schnell durch die Türen zum Klassentrakt. „Wo gehen wir hin? Wo ist die Bibliothek?"

Sie zeigte mit ihrem Teller ganz ans Ende des Flurs. „Hier lang."

Als ich die einzelne Tür am Ende des Flurs öffnete, blieb mir der Atem weg. Wie die meisten anderen Dinge an dieser Schule war es völlig anders, als ich erwartet hatte. Rund um die Wände des großen kreisförmigen Raums waren die Bücherregale in lebende Bäume eingelassen, die sich über vier Stockwerke bis zur Kuppeldecke erhoben. Raben segelten über uns oder flatterten von Baum zu Baum, und ich duckte meinen Kopf, da ich direkt unter ihnen stand mit meinem kostbaren Essen. Wie der Eingangsbereich war jedoch die ganze Bibliothek makellos frei von Vogelkot.

Ranken und Blätter wanden sich um mehrere hölzerne Wendeltreppen im Raum, und in der Mitte standen einige Tische in allen Formen und Größen, ebenfalls aus Bäumen geschnitten, aber noch nicht fertiggestellt. Oder vielleicht waren sie künstlerisch vollendet, da einige aus den Stämmen herauswuchsen und dicke Wurzeln die Sitzflächen bildeten. Manche Tische hatten sogar ein Blätterdach, das von ihren Zweigen flatterte und die dort sitzenden Schüler halb verbarg. Von oben rieselten Blätter, die so verzaubert waren, dass sie schimmerten und funkelten. Sie raschelten zu unseren Füßen, als sie landeten, und bestimmten die Lautstärke des Ortes. Die Bibliothek war für diese frühe Stunde sehr belebt, und ich konnte verstehen, warum. Sie war süchtig machend magisch.

„Na, bisher schreit uns noch niemand wegen unseres Essens an. Lass uns einen Tisch suchen", flüsterte Seph und ging zum nächstgelegenen Tisch.

Ich sah niemanden, der wie ein Bibliothekar aussah, aber wie sah ein nekromantischer Bibliothekar überhaupt aus?

Ein leises Krächzen kam von einem Raben, der in der Mitte des Tisches saß, auf den Seph zusteuerte, und dann wegflog.

„Sind... sind die Raben hier die Bibliothekare?", fragte ich, als ich mich ihr gegenüber setzte.

Sie kicherte, während sie sich im Raum umsah, ihre braunen Augen glitzerten vor Aufregung. „Ich glaube nicht, aber kannst du das glauben? Ich glaube, ich bin verliebt."

Ich lächelte. „Willst du damit sagen, dass du ein genauso großer Bücherfan bist wie ich?"

„Vielleicht sogar mehr. Da ich in der Nekromantie nicht gut war, habe ich alles gelesen, ob es nun mit schwarzer Magie zu tun hatte oder nicht." Sie breitete ihre Serviette über ihrem Schoß aus. „*Quarum sacra fero revelare*."

Ich wiederholte den Zauberspruch, und als ich das Okay bekam, fing ich an zu essen, so ausgehungert, dass ich schon zu zittern begann.

„Ich glaube, ich werde nach ein paar Büchern über Träume suchen", sagte Seph, nachdem sie einen Bissen Pfannkuchen heruntergeschluckt hatte. „Mal sehen, worum es bei meinen letzte Nacht ging. Sie waren zu lebhaft, zu real."

Mein letzter Bissen Pfannkuchen sank wie ein Stein. Der Schlaftrank, den die Schulleiterin ihr gegeben hatte, fühlte sich wie ein Trick an, und ich hasste ihn aus diesem Grund, aber wenn er half, sie sicher zu halten und nicht schlafzuwandeln, musste ich damit leben. Trotzdem fühlte es sich an, als würde ich sie anlügen, indem ich ihr nicht die Wahrheit über letzte Nacht erzählte.

Wir beendeten unser Essen schnell, und als wir immer noch keinen Bibliothekar entdeckt hatten, winkte Seph einen Vogel heran.

„Zeig mir bitte die Bücher über Träume", sagte sie zu ihm.

Er hüpfte ein paar Schritte von ihr weg und schaute dann zurück, den Kopf schief gelegt, als würde er darauf warten, dass sie ihm folgte.

Sie lachte ungläubig. „Vielleicht sind sie wirklich die Bibliothekare?"

„Keine Ahnung", sagte ich, während ich mir den Mund mit einer Serviette abwischte, „aber treffen wir uns wieder an unserem Tisch, wenn du fertig bist?"

„Alles klar." Sie folgte dem Raben, der über den Boden zu einem der Bücherregale hüpfte.

Als sie weit genug weg war, um mich nicht zu hören, winkte ich einen Vogel heran.

„Ich möchte gerne Bücher über die Diabolicals sehen", sagte ich ihm mit leiser Stimme.

Er flatterte zur nächsten Wendeltreppe, und ich musste den ganzen Weg bis in den vierten Stock hinaufsteigen. Mein Frühstück lag schwer in meinem Magen, und ich keuchte laut, als ich die letzten Stufen erreichte. Das war nicht gerade mein klügster Moment. Ich hätte das zuerst machen sollen. Man lernt nie aus, schätze ich, und hoffentlich muss ich mich nicht übergeben.

Der Rabe führte mich zu einem Regal in der untersten Reihe entlang der runden Wand und pickte sanft gegen drei dicke, alt aussehende Bücher.

„Danke, äh... Bibliothekar-Rabe."

Er krächzte laut, flog weg und stieß noch ein lautes Krächzen aus, als hätte ich ihn beleidigt.

Achselzuckend kniete ich mich hin und zog die drei Bücher aus dem Regal. Sie waren so abgenutzt, dass ich ihre Titel weder auf dem Rücken noch auf den Umschlägen lesen konnte. Im Inneren des ersten Buches stand in eleganter Handschrift *Amaria: Eine Geschichte*, und ich blätterte sofort zum Ende. Einige alte Texte enthielten

Indizes, aber die meisten Autoren dieser Zeit gaben sich nicht die Mühe. Dieser hier allerdings schon.

Diabolicals, siehe Steine von Amaria: Onyx - S. 255

Steine von Amaria... Darüber hatte ich irgendwo gelesen. Es gab insgesamt sechs Steine, und... das war so ziemlich alles, woran ich mich erinnerte. Was hatten also diese Steine, oder besonders der Onyx, mit Ramsey und den Diabolicals zu tun? Hatte es auch etwas mit Leo zu tun?

Ich blätterte zur entsprechenden Seite, aber – Nun, das war seltsam. Seite 255 existierte nicht, und auch nicht die Seiten 256 bis 261. Lange, zackige Linien zogen sich dort entlang, wo die Seiten einmal gewesen waren. Jemand hatte sie herausgerissen.

Dasselbe galt für das zweite und dritte Buch. Alle Informationen über die Diabolicals waren aus der Existenz gerissen worden. Zumindest hier in der Bibliothek. Aber warum? Um die Diabolicals zu verstecken, da einer von ihnen zum Mörder geworden war und möglicherweise mit dem verschwundenen Professor in Verbindung stand? Vielleicht war das der Grund, warum Leo getötet worden war. Weil er sie entlarvt hatte, entweder durch die Stimmen, die er beim Schlafwandeln gehört hatte, oder auf andere Weise.

Ich drückte die Bücher an meine Brust und stand auf, dann blickte ich über den Rest der Bibliothek. Ich brauchte mehr Informationen von einem Bibliothekar-Raben… oder was auch immer. Seph ging vorsichtig zu unserem Tisch zurück, während sie über den riesigen Stapel Bücher in ihren Armen spähte. Einige Schüler strömten durch die Türen zu ihren Unterrichtsstunden, aber ich sah nicht einmal einen Hauch von einem Bibliothekar ohne Flügel.

Auf meinem Weg die Treppe hinunter mit den drei Büchern öffnete sich die Tür zur Bibliothek erneut.

Herein kam Ramsey mit einem Stapel Bücher. Und er ging geradewegs auf Seph zu, die direkt auf ihn zusteuerte, ohne es überhaupt zu bemerken.

Scheiße. Meine Muskeln erstarrten, als ich auf die beiden hinunterstarrte, die sich immer näher kamen, bis ich endlich meine Stimme wiederfand.

„Seph!", rief ich. „Bleib sofort stehen!"

Sie verlangsamte ihre Schritte und blickte verwirrt nach oben, die Stirn in Falten gelegt. Auch Ramsey riss den Kopf hoch und verengte seine stahlgrauen Augen. Aber er wurde nicht langsamer.

„Geh weg von ihm, Seph." Ich flog die Treppe so schnell wie möglich hinunter, meine Stiefel verfingen sich mehrmals im Saum meines Kleides und Umhangs und drohten, mich zu Fall zu bringen. Die Wendelstufen hinderten mich daran, jede einzelne von Ramseys Bewegungen im Auge zu behalten, während ich mich nach unten wand. Trug er ein Messer in den Falten seines Gewands? So wie damals, als er mich beim Schattenwandern zu seinem Zimmer erwischt hatte?

Ich rief meine Magie herbei, ließ sie sich in mir ausbreiten, zunächst wie verdickter Schlamm und dann dünnflüssiger für eine schärfere Präzision.

Seph wich vor ihm zurück.

Aber Ramsey kam weiter auf sie zu, seine langen Schritte verschlangen die Distanz zwischen ihnen, und seine freie Hand verschwand in seinem Umhang.

Was hatte er vor? Würde er sie wieder ohnmächtig machen? Ein animalisches Knurren entfuhr meiner Kehle, als ich die letzten Stufen hinunterstürmte.

„*Obrigesunt*!" Der Versteinungszauber schoss als funkelnder grauer Lichtball aus meiner Handfläche und flog direkt auf seinen Kopf zu.

Er hob eines der Bücher als Schild, ohne langsamer zu werden, und meine Magie riss ein faustgroßes Loch hindurch. Dann blieb er abrupt stehen und starrte auf das, was ich angerichtet hatte. Rauch kräuselte sich aus dem glühenden orangefarbenen Loch im Buch, und die Ränder schwärzten und kräuselten sich wie ein Portal zur Hölle. Einige der Seiten rieselten als Asche um seine Füße herum.

Dieser Zauber war noch nie so kraftvoll gewesen, aber ich war gerade erst am Anfang.

Ramsey richtete seine gewittergrauen Augen auf mich, pure Wut in den scharfen Konturen seines Gesichts geschrieben. „Warum hast du das gemacht? Du hättest mir den Kopf wegblasen können."

„Das war gewissermaßen der Sinn der Sache." Gewalttätige Wut durchfuhr mich. Ich würde ihn jetzt töten. Hier und jetzt. „*Obrigesunt.*" Ich schleuderte einen weiteren Zauber auf ihn.

„Verdammt noch mal", schrie er, als er hinter den nächsten Tisch sprang, um auszuweichen.

Ich ballte meine Faust, was das funkelnde graue Licht mitten in der Luft stoppte, und riss dann meine Hand in seine Richtung. Meine Magie versengte einige fallende Blätter, als sie auf ihn zuschoss.

Er wich erneut mühelos aus und rannte dann mit voller Geschwindigkeit auf mich zu, sein Gesicht vor Bosheit verzerrt. Bevor ich einen weiteren Schuss abgeben konnte, riss er mich zu Boden. Meine Bücher flogen durch die Luft. Mein Rücken krachte auf die harten Kanten der Stufen hinter mir. Die Luft wurde aus meinen Lungen gepresst. Alles tat weh. Aber es war mir egal. Mir war alles egal, außer ihm wehzutun.

„Geh runter von mir!" Ich wand und bäumte mich wild auf, um ihn abzuwerfen, aber er benutzte sein volles Gewicht, um mich unter sich festzunageln.

Er umklammerte beide meine Handgelenke und schlug sie auf die Treppe. Ich schrie vor Schmerz auf, bei dem widerlichen Krachen von Knochen auf Holz. Sein Gesicht war so nah an meinem, dass ich den Sirup in seinem Atem riechen konnte, so ekelhaft süß, dass sich mir der Magen umdrehte.

Durch meine blinde Wut, den Schmerz und die Panik hindurch sah ich Seph, die sich hinter Ramseys Rücken anschlich. Aber ich ließ meinen Blick nicht von seinem Gesicht abweichen. Was auch immer sie vorhatte, ich würde sie nicht verraten, aber was, wenn ihre Nähe zu ihm sie wieder ohnmächtig werden ließ?

„Warum hasst du mich so sehr, dass du versuchst, mich zu versteinern?", verlangte er zu wissen. „Dass du dich in meinen Schlafsaal geschlichen und über das Training gelogen hast?"

„Du weißt genau warum, du Monster." Ich spuckte ihm ins Gesicht, und er schloss die Augen dagegen, seinen Kiefer wütend zusammengepresst.

Er machte sich nicht einmal die Mühe, mich loszulassen, um es wegzuwischen.

Über seiner Schulter hielt Seph auf der Stufe hinter seinem Kopf inne, packte eine Strähne seines länglichen Haares und zog daran. Schnell wie ein Atemzug zog sie sich zurück und rannte davon. Was auch immer das sollte, ich hoffte, sie war noch nicht fertig.

Ramsey zischte und wirbelte mit dem Kopf herum, um nach ihr zu suchen. „Was zum Teufel sollte das?" Er richtete seinen harten Blick wieder auf mich und ließ dann seinen Blick zu den auf den Stufen verstreuten Büchern wandern. „Warum leihst du Bücher über die Steine von Amaria aus? Was weißt du?"

„Ich weiß, dass alle Seiten über die Diabolischen herausgerissen sind", feuerte ich zurück.

Seine Augen blitzten auf. „Was hast du sonst noch gehört, als du mich verfolgt –" Er schrie plötzlich auf, sein ganzer Körper versteifte sich, und er warf sich von mir herunter und krümmte sich auf dem Rücken am Boden. Seine Schreie verwandelten sich in gequälte Schmerzensrufe.

Schockiert richtete ich mich in eine sitzende Position auf. Er lag in meiner Nähe, den Rücken vom Boden abgehoben, sich windend und vor Schmerzen schreiend.

Der dunkelste Teil meiner Seele lächelte. Sein Leiden war Musik in meinen Ohren.

„Ich, Prinzessin Sepharalotta, und die Nachtgöttin Hekate verlangen etwas von dir, damit der Schmerz aufhört." Sephs skelettartiges Gesicht war von grimmiger Entschlossenheit geprägt, während sie schwer atmete. Sie hielt eine Stoffpuppe in der Hand, um deren Kopf eine braune Haarsträhne mit schwarzem Band gebunden war. Und aus dem Rücken der Puppe ragte eine silberne Nadel. „Wir verlangen, dass du schwörst, Dawn nie wieder zu schaden."

Ich blinzelte zu ihr hoch und versuchte, Ramseys anhaltende Schreie von dem zu trennen, was sie gerade gesagt hatte. Sie war eine Prinzessin?

„Und dir", fügte ich hinzu. „Er muss auch schwören, dir nie wieder zu schaden."

Sie sah mich an und nickte. „Wir verlangen auch, dass du schwörst, mir nie wieder zu schaden. Schwörst du es?"

„Ich ... schwöre ...", krächzte er.

Seph zog die Nadel aus der Puppe, und Ramsey sank keuchend zu Boden, Schweiß glänzte auf seinem Gesicht. Als nutzloser Haufen, wie er jetzt war, war er längst nicht mehr so furchterregend. Ich wollte selbst eine Runde mit Sephs seltsamer Puppe haben, um seine Folter fortzusetzen, aber ihn in seiner beschämenden Niederlage gegen zwei Erstklässlerinnen schmoren zu lassen, schien im Moment viel amüsanter.

Grinsend wandte ich mich Seph zu, die ein boshaftes kleines Lächeln trug. „Geht es dir gut?"

Sie zeigte auf Ramsey. „Momentan besser als ihm."

„Schlechte Wortwahl." Ramsey lachte – tatsächlich lachte er – und kletterte dann langsam auf die Füße. „Ihr habt gesagt, ich darf euch beiden nicht wehtun, aber nicht dem Rest der Schule." Er lächelte, so hasserfüllt und bedrohlich, dass ich fast einen Schritt von ihm zurückwich. Fast. „Na ja. Zu spät, um das jetzt zu ändern. *Evanescet*."

Er verschwand aus dem Nichts und ließ Seph und mich allein zurück, seine sehr deutliche Drohung schwebte über unseren Köpfen.

Das hatte sich ganz nach einer Kriegserklärung angehört.

KAPITEL ACHT

Der Vormittagsunterricht zog in einem Wirbel aus weiteren Verteidigungslektionen, Viel-Glück-als-Totenbeschwörer-Vorträgen und Krämpfen in meiner Hand vom vielen Notizen machen an mir vorbei.

Und dann war es Zeit für Psycho-Sportunterricht mit Ramsey. Das sollte ja gut gehen. Wir hatten unsere Trainingseinheit für heute nicht offiziell abgesagt, aber nach dem, was heute Morgen passiert war, war das so gut wie klar.

Seine Drohung in der Bibliothek flammte deutlich in einigen der älteren Schüler auf, an denen wir zwischen den Unterrichtsstunden auf dem Flur vorbeikamen. Ihre Blicke waren hart, aber niemand versuchte etwas. Noch nicht. Eine gute Sache, da meine magischen Reserven nach diesem Morgen fast erschöpft waren. Wenn ich alles aufbrauchte, lief ich Gefahr, in die Magierverdunkelung zu fallen, was einem tiefen Koma gleichkam.

Mein Herz prallte gegen meine Rippen, als wir uns der Turnhalle näherten. „Irgendwas?", fragte ich Seph.

„Noch nicht." Sie sah weder blass aus noch kurz davor, in Ohnmacht zu fallen. Natürlich war sie heute Morgen in der Bibliothek in Ramseys Nähe nicht ohnmächtig geworden, aber ich wollte sichergehen.

Wir blieben an der gegenüberliegenden Wand einige Schritte vom Eingang der Turnhalle entfernt stehen.

„Ich schaue kurz rein, ob er da ist", sagte ich. „Wenn ja, tust du so, als wärst du krank."

Seph starrte mich mit weit aufgerissenen Augen an. „Und du auch? Ich weiß nicht, was zwischen euch vorgefallen ist, aber nach heute Morgen denke ich wirklich nicht, dass du irgendwo in seiner Nähe sein solltest." Sie beugte sich vor und senkte ihre Stimme. „Was ist überhaupt los zwischen euch? Hast du versucht, ihm den Kopf abzureißen?"

Ich presste meine Lippen fest zusammen. Es war dumm gewesen, ihn so anzugreifen, direkt in der Öffentlichkeit vor Seph. Natürlich hatte ich sie beschützen müssen, aber trotzdem. Ich hatte nicht beabsichtigt, dass mein Versteinerungszauber so mächtig sein und fast ein Loch durch seinen Kopf sprengen würde. Ich musste meine Wut unter Kontrolle bekommen, wenn er in der Nähe war, sonst könnte das viel chaotischer enden als nötig. Ich war leichtsinnig gewesen, wo ich hätte klug sein müssen.

„Ich sehe nach, ob er drin ist." Ich schritt über den sich schnell leerenden Flur, während mir der Schweiß den Rücken hinunterlief. Ich konnte ihn mir drinnen vorstellen, mit seinem selbstgefälligen Lächeln, wie er Seph und mich auswählte, um vor der ganzen Klasse zu stehen und uns zu bestrafen.

Aber er war nicht da. Eine Frau, die ich noch nie zuvor gesehen hatte, stand hinter dem Pult, ihr Haar ein Flickwerk verschiedener Lilatöne, das in perfekten Locken über ihre Schultern fiel. Nicht älter als vierzig, trug sie ein langes, eng anliegendes schwarzes Kleid mit hohem Kragen. Immer noch nicht der vermisste Professor Wadluck, es sei denn, er hätte einen Geschlechtsumwandlungszauber durchgeführt. Unwahrscheinlich, was bedeutete, dass er immer noch vermisst wurde.

Ich winkte Seph, mir zu folgen. „Die Luft ist rein."

Sie atmete tief durch, straffte die Schultern und marschierte vorwärts. Dann blieb sie abrupt stehen. Augenblicklich wich die Ebenholzfarbe ihrer Haut um mindestens drei Nuancen.

„Nein." Ihr Mund öffnete sich, und sie umklammerte ihre Mitte und krümmte sich, als wäre sie getroffen worden. „Nein, nein, nein."

„Okay. Atme einfach." Ich eilte an ihre Seite und schob sie bestimmt von der Turnhalle weg in Richtung unseres Wohnheims.

„Es ist die Turnhalle, oder?", fragte sie, ihre Stimme – ihr ganzer Körper – zitterte. Sie wischte sich mit einer Ecke ihres Umhangs den Schweiß vom Gesicht.

Ich blickte über meine Schulter. „Ich schätze schon."

Aber warum? Niemand sonst schien betroffen zu sein außer ihr. Niemand sonst war letzte Nacht schlafgewandelt, zumindest soweit ich gesehen hatte. Als Leo für sein Vorstellungsgespräch hier war, hatte er genauso reagiert, wenn er irgendwo in die Nähe der Turnhalle gekommen war? Es machte mich fast wahnsinnig, dass ich nur mehr Fragen statt Antworten hatte.

„Ich gehe rein und sage ihr, dass ich dich auf unser Zimmer bringe." Ich lehnte sie an die Flurwand. „Versprichst du, nicht ohnmächtig zu werden?"

„Äh, klar?" Sie kniff die Augen zusammen, ihr Atem zu rau.

Ich huschte wieder in die Turnhalle, als die Professorin – oder wer auch immer sie war – um den

Schreibtisch herumging, um die Klasse anzusprechen. „Entschuldigung, Professorin", flüsterte ich.

Sie drehte sich um, ihre hübschen haselnussbraunen Augen tanzten im Fackellicht. „Ja?"

„Meiner Zimmergenossin geht es nicht gut. Kann ich sie bitte zur Krankenstation bringen?"

Nicht dorthin würden wir gehen, aber das musste sie ja nicht wissen.

Sie schenkte mir ein mitfühlendes Lächeln. „Natürlich. Ich werde Sie auf den neuesten Stand bringen, sobald Sie zurückkommen, Dawn."

„Danke." Ich drehte mich um und realisierte dann auf halbem Weg zur Tür, dass sie meinen Namen kannte, ohne dass ich ihn je genannt hatte.

„Hallo, Klasse", sagte sie, ihre Stimme hinter mir herdriftend. „Ich bin die Bibliothekarin, Mrs. Tentorville, und ich vertrete heute Professor Wadluck."

Ah, deshalb hatte ich sie in der Bibliothek nicht finden können. Sie schien nicht zu wissen, was heute Morgen dort passiert war. Noch nicht jedenfalls. Hoffentlich hatte sie keinen Zauber, um die Raben über versuchte Morde, seltsame Stoffpuppen und offene Drohungen zum Sprechen zu bringen.

Außerhalb des Klassenzimmers fand ich Seph noch bei Bewusstsein vor und führte sie zu unserem Zimmer.

„Also, erzähl", sagte sie, als wir in den Eingangsbereich traten.

„Was soll ich erzählen?"

„Was zwischen dir und Ramsey passiert ist."

„Es ist... lang und kompliziert."

„Hast du gesehen, wie langsam ich laufe?", lächelte sie, wenn auch schwach und wackelig. „Ich habe Zeit für lang und kompliziert."

„Nicht jetzt. Nicht so offen wie hier..." Mein Blick huschte die Treppe zu unserem Zimmer hinauf, und Unbehagen kroch durch meine Brust.

Seph versteifte sich neben mir.

Ein älterer Typ – ich vermutete, ein Senior – saß lässig auf dem Geländer. Er saß einfach da, wartete und starrte uns erwartungsvoll an.

Ich zog Seph zum Anhalten und positionierte mich so gut wie möglich vor ihr.

„Meine Damen", sagte er und strich sich die blonden Ponyfransen zur Seite seines Gesichts.

Vielleicht war es nichts. Vielleicht saß er während des Unterrichts aus einem guten Grund auf der Treppe der Mädchen, aber Ramseys Drohung hallte in meinem Kopf wider. War dieser Typ ein Mitglied der Diabolicals? War er ein Mörder wie Ramsey? Wenn wir an ihm vorbei die

Treppe hochgingen... würde er uns hinunterstoßen? Oder Schlimmeres?

Wir könnten stattdessen zur Krankenstation gehen, aber das fühlte sich wie Weglaufen an. Ich hob mein Kinn und starrte ihm direkt in die Augen, während ich Seph hinter mir herzog.

„Können wir dir irgendwie helfen?", fragte Seph. Sie richtete sich auf und löste sich von mir, setzte ihren Stiefel auf die unterste Stufe.

„Ich mochte schon immer die Stille um diese Tageszeit, die Ruhe." Er fixierte uns mit einem dunklen, bedrohlichen Blick. „Das Fehlen von neugierigen Erstklässlerinnen mit einem Stock im Arsch und etwas zu beweisen."

Ich ging mit Seph die Stufen hinauf und blieb dicht an ihrer Seite, aber sie war so positioniert, dass sie direkt an ihm vorbeistreifen würde. „Wir müssen nichts beweisen."

„Ist das so?", sagte er, seine Stimme triefte vor Feindseligkeit. „Auch wenn niemand in der Nähe ist, der eure Schreie hören könnte?"

Ich nickte und wischte meine schweißnassen Hände an meinem Umhang ab. „Auch dann."

Mein Messer steckte in meinem Stiefel. Sein Gewicht gab mir einen Hauch von Trost, als wir näher glitten, und stählte meinen Entschluss. Ich würde ihm die Kehle aufschlitzen, wenn es sein müsste, wenn er auch nur falsch blinzelte.

„Besonders dann", fügte Seph hinzu.

Aus dem Augenwinkel sah ich, wie sie ihre Hand in ihre Umhangtasche steckte. Ich vermutete, nach ihrer Stoffpuppe, aber sie würde seine Haare brauchen. Ich hatte mein Messer und die tief in mir brennende Wut, dass Ramsey immer noch atmete, während Leo es nicht tat.

Wir näherten uns dem Typen, waren fast bei ihm, und er starrte nur, ein höhnisches Grinsen umspielte seinen Mund. Meine Muskeln spannten sich an, bereit, bei der kleinsten Bewegung loszuspringen. Wachsamkeit durchzuckte jeden angespannten Nerv, als wir an ihm vorbeigingen, und er drehte sich schnell um, um uns zu folgen, seine Präsenz ließ mir alle Haare im Nacken zu Berge stehen.

„Wir brauchen keine Begleitung", sagte ich zu ihm. „Du kannst jetzt gehen."

Er gab ein leises Lachen von sich, als wir durch die Tür zu unserem Schlafsaal gingen. „Wir gehen nirgendwohin."

Mein Herz sank wie ein Stein. „Wir" stimmte. Zehn Fuß vor uns standen mehrere große verhüllte Gestalten, ihre Kapuzen über die Köpfe gezogen. Sie blockierten uns den Weg, und jetzt waren wir umzingelt. Von Diabolicals? Es sah ganz danach aus.

Mit Sephs Puppe als unsere einzige Verteidigung, ohne Haare und mit meinem Dolch hatten wir keine Chance gegen sie alle.

Zeit für einen anderen Ansatz.

„Meine Herren", sagte ich und riet ins Blaue hinein. Keine von ihnen schien jedenfalls eine Frau zu sein. „Wenn ihr einfach zur Seite tretet, könnt ihr diese peinliche Zurschaustellung von Vagina-Neid beenden und euren Geschäften auf männlichere Art nachgehen."

Der Diabolical vorne wirbelte seine Hand, und eine hellrote, pulsierende Kugel umhüllte seine Finger. Rauchig schwarze Funken schossen daraus hervor, die nach Schwefel und Verwesung rochen und ein schleimiges Gefühl zu verströmen schienen, das meine Zunge überzog. Die davon ausgehende Macht raubte mir den Atem, aber ich weigerte mich, es zu zeigen.

Hinter uns flammte Hitze auf, zweifellos von dem blonden Diabolical von der Treppe, der uns gefolgt war.

Ich rief meine Magie herbei, suchte nach jedem letzten Funken, aber es war kaum noch etwas übrig.

Ich wollte nicht mehr davon benutzen und riskieren, in die Magier-Vergessenheit zu fallen und in einem Moment wie diesem ins Koma zu fallen.

Sohneinerhexe.

Kapitel Neun

„Wir werden euch beiden das Leben zur Hölle machen", knurrte der Diabolical vor uns. „Legt euch mit den Diabolicals an, und ihr werdet für die Ewigkeit dafür büßen."

„Toll. Kann's kaum erwarten." Seph verengte ihre Augen und blickte den Flur hinunter an ihnen vorbei auf unsere Tür, die einen Spalt weit offen stand.

Selbst wenn das Nebbles wäre, sah ich immer noch nicht, wie—

Zwischen uns und ihnen flog eine weitere Tür auf.

Das blonde Mädchen aus Muskeln und Kraft mit dem dauerhaften Grinsen, mit der Ramsey gestern gekämpft hatte, trat aus ihrem Zimmer. Echo, so hieß sie. Ohne auch nur hinzusehen, breitete sie beide Arme aus und rief: „*Impetro rid*."

Ein kraftvoller Windstoß, der mit weißlichen Lichtfunken durchsetzt war, fegte in beide Richtungen den Flur entlang. Alle Diabolicals verschwanden, genau wie Ramsey in der Bibliothek. Nur wir, das Mädchen und Nebbles, die dasaß und ihre graue Pfote putzte, blieben im Flur zurück, völlig unberührt von ihrer Magie. Das war ein mächtiger Zauber.

Ich starrte mit offenem Mund wie ein toter Fisch, während Erleichterung mich durchströmte.

Echo drehte sich zu uns um, ihre Schultern hoben und senkten sich, und sie pustete sich die Haare aus dem Gesicht. „Ja, ich hab sie gehört, die Mistkerle. Sie ärgern jeden und werfen überall schwarzes Salz rum, aber ich hab noch nicht gesehen, dass sie sich so auf jemanden stürzen wie auf euch. Alles okay bei euch?"

Seph nickte und atmete aus. „Ja."

„Solltest du nicht im P.P.E.-Unterricht sein?", platzte es aus mir heraus, denn das war doch alles, was zählte, oder? Götter, ich war echt merkwürdig.

„Ja, ich hab nur ein neues Paar Stiefel für Morrissey geholt", sagte sie. „Einer von diesen Arschlöchern ist so lange auf ihren Hacken rumgetrampelt, bis sie auseinanderfielen, während er schwarzes Salz auf sie geworfen hat."

Seph kratzte sich am kahlen Hinterkopf. „Die machen wohl echt die Runde."

„Morrissey?", fragte ich.

„Meine Zimmergenossin", sagte Echo. „Du weißt schon, das Zähne-Mädchen?"

Ach ja. Die mit dem Zähneschal, die meine Sparringspartnerin gewesen war und Ramsey abgelenkt hatte.

„Geht ihr zum P.P.E.-Unterricht?", fragte sie.

„Dawn geht." Seph streifte mich und drückte mir unter unseren langen Ärmeln zwei Münzen in die Hand und drückte zu. „Und sie wird sich auch keine Sorgen um mich machen."

„Das bezweifle ich." Ich drückte länger zurück als wahrscheinlich nötig war, so dankbar war ich ihr und gleichzeitig so traurig. Sie hatte eine zu gütige Seele, um das durchmachen zu müssen.

Als ich zufrieden war, dass sie sich beruhigt hatte, gingen Echo und ich zum P.P.E.-Unterricht. Die Stunde verging, während ich mich daran erinnern musste zu atmen und in einer anderen Ebene besorgter Existenz schwebte. Ich hörte kein Wort von dem, was die Bibliothekarin sagte, aber ein Teil von mir bemerkte, wie flüssig sie sich bewegte, als sie uns weitere Verteidigungsbewegungen zeigte, voller Anmut und Kraft. Ich wünschte, ich könnte so sein, anstatt ein feuriger Wutball, der von einem Problem ins nächste hüpfte.

Ich wollte doch nur jemanden umbringen, nicht mit einem Geheimbund aneinandergeraten, dessen Details aus Bibliotheksbüchern herausgerissen worden waren. War das zu viel verlangt?

Nach dem Unterricht sprintete ich praktisch zum Mittagessen, damit ich Seph einen Teller hochbringen konnte, aber sobald ich den Gemeinschaftsraum betrat, wurde mir klar, dass es nicht so einfach sein würde. Mehrere Köpfe drehten sich von den Tischen der Juniors und Seniors, männlich und weiblich, und zerschnitten mich mit ihrem gemeinsamen Hass. Besonders Vickie, die Rothaarige. Sie sah mich an, als hätte ich ihren Welpen ermordet.

Ich stand in der Tür und hielt ihren Blicken stand, während ich mir ihre Gesichter einprägte, neben wem sie saßen, alles, was ich über sie in Erfahrung bringen konnte. Es war ähnlich wie das, was ich im Sommer mit Ramsey gemacht hatte, aber jetzt hatte ich statt eines Feindes den Großteil der Junior- und Senior-Klassen gegen mich. Und es war erst der zweite Schultag.

Das erforderte ein besonderes Maß an Talent. Ein *spezielles* Maß.

Als ich Ramseys Blick auffing, der in der hintersten Ecke des Junior-Tisches saß und mich mit der Kraft seines

Blickes in zwei Hälften schnitt, grinste ich. Ein riesiges Grinsen, das ich über mein ganzes Gesicht blühen ließ und versuchte, so echt und nervig wie möglich zu machen. Ich warf sogar noch ein kleines Winken ein und dann den subtilsten aller Hüpfer in Richtung meines Tisches, um ihm wirklich unter die Haut zu gehen.

Ich wollte, dass er mich hasste. Das würde die Sache so viel spaßiger machen.

Ich fütterte den Tisch mit den beiden Münzen, damit er mich fütterte, und belud dann zwei Teller mit Broten, noch mehr Broten, Butter, Käse, oh sieh mal, noch mehr Brot, und Spiralnudeln mit gedämpftem Gemüse und Tomatensauce für Seph. Auf dem Weg hinaus ignorierte ich jeden, zu sehr auf mein Essen konzentriert, und beeilte mich dann, zu meinem Zimmer zu kommen, bevor jemand auf dumme Ideen kam und mir folgte.

„Alles okay bei dir?", fragte ich, als ich mit den Tellern jonglierend ins Zimmer platzte.

„Bestens, Mama. Danke der Nachfrage." Grinsend schlug sie ihr Buch über Träume zu, scheuchte Nebbles von ihrem Schoß und erhob sich von ihrem Bett. „Irgendwelche Probleme?"

Ich reichte ihr einen Teller, eine Serviette und Besteck. „Nichts, womit ich nicht fertig geworden wäre."

„Gut. Ich sterbe vor Hunger." Sie stellte den Teller auf ihren Schreibtisch und drehte ihren Stuhl herum, sodass sie mich ansehen konnte. „Jetzt erzählst du mir also die Geschichte zwischen dir und Ramsey."

Ich war mir immer noch nicht sicher, ob das eine gute Idee war, aber ich musste ihr nicht unbedingt alles erzählen, besonders da ich, abgesehen von meinem Hiersein, noch nicht fertig war mit dem, was ich mir vorgenommen hatte.

Sie senkte ihr Kinn, um mich über ihre Nase hinweg anzusehen, ein wissendes Glitzern in ihren dunklen Augen. „Du überlegst gerade, wie viel du mir erzählen sollst, nicht wahr?"

„Ja", gab ich zu. „Die Geschichte ist lang und –"

„Kompliziert." Sie nickte. „Verstehe. Erzähl mir einfach, was du möchtest. Oder lass es. Ich habe zwei Ohren, und du kannst sie als die deinen betrachten, wenn du sie brauchst."

Ich lächelte über die Wärme, die ihre Worte in meinem steinernen Herzen entfachten. Früher hatte ich Leo alles anvertraut, ob er es hören wollte oder nicht. Da er nicht hier war, war es schon so lange her, dass ich jemandem mein Herz ausgeschüttet hatte. Oder jemandem vertraut hatte, meine Geheimnisse zu bewahren, selbst die kleinen, harmlosen, die nichts damit zu tun hatten, das Blut meines

Feindes aus seinem Schädel zu trinken. Ich vertraute ihr genug, um ihr zumindest einige Dinge zu erzählen.

„Aber zuerst das Essen. *Quarum sacra fero revelare.*" Mit dem Wasser im Mund nahm ich eines meiner Brötchen auf – nur um festzustellen, dass es sich bewegte.

Riesige weiße Insekten mit viel zu vielen Beinen krabbelten über meinen ganzen Teller. Eines krabbelte sogar über meinen Daumen am Rand, und ich ließ das Ganze mit einem lauten Schrei fallen. Das Glas zersplitterte, Essen spritzte überall hin, und die Insekten folgten schnell.

Seph war bereits auf ihren Stuhl gesprungen und hatte ihren Rock um ihre Knöchel geschlungen, Entsetzen in ihr Gesicht gemeißelt. Nebbles sprang, stürzte sich auf das nächste Insekt und riss ihm den Kopf ab.

Ich hüpfte auf mein Bett, mein Herz raste im Takt mit den huschenden Beinen der Insekten. Mein Magen drehte sich in einem heftigen Purzelbaum, als ich zusah, wie sie über mein Mittagessen herfielen.

„Ich werde nur..." Seph schluckte schwer. „Ich werde mal ins Blaue raten und vermuten, dass mein Essen auch verseucht wurde. *Quarum sacra fero revelare.*"

Das Essen auf ihrem Teller erwachte zum Leben. Die Spiralnudeln schlängelten sich ineinander, und ihr Gemüse spross enorme Flügel und schlug sie hart, was Tomatensauce über Sephs ganzes Gesicht spritzte. Ihr Kiefer klappte vor Schock herunter und dann würgte sie.

Ein wilder Sturm wirbelte in mir auf, bis ich davon vibrierte, davon erfüllt war, ihn willkommen hieß. Mein Körper brannte vor dem Bedürfnis, ihn loszulassen.

„Ich werde sie umbringen. Ich werde sie alle umbringen", spuckte ich aus und sprang von meinem Bett, nur leicht zufrieden mit dem lauten Quetschgeräusch unter meinen Stiefeln. Ich wollte die Diabolicals zerquetschen. Die Juniors und Seniors. Aber vor allem wollte ich Ramsey zerquetschen. Der Himmel möge jedem gnädig sein, der sich mir in den Weg stellte.

Ich marschierte zu Sephs Teller, hob ihn auf und ging zur Tür.

„Warte, Dawn, du machst es nur noch schlimmer", rief sie.

Aber ich war schon auf dem Flur, zu sehr von Wut und Ekel angetrieben, um jetzt aufzuhören. Ich wünschte, ich hätte Ramsey in der Bibliothek erledigt. Ich wünschte, ich hätte Seph nie dazu gebracht, auch eine Zielscheibe zu werden. Sie hatte nichts davon verdient, verdiente es nicht, dass ihr Tomatensauce ins Gesicht geschleudert wurde, egal was. Diesmal war ich genauso schuld wie die Diabolicals, und ich *hasste* es.

Auf dem Weg zum Versammlungsraum ignorierte ich die Würmer, die über meine Hände glitten, und die riesigen geflügelten... *Dinger* und ihre vielen starrenden Augen.

Sobald ich eintrat, verstummte das stetige Gemurmel fast sofort. Köpfe drehten sich. Einige lachten offen, als sie meinen Teller sahen, und andere zuckten zurück. Ich wandte mich zum Juniortisch und Ramsey, der nahe am Kopfende saß, jedes Quäntchen Hass, das ich für ihn empfand, in meinen Blick gelegt. Das war seine Schuld, ob er derjenige war, der das getan hatte oder nicht. Ich warf den Teller mit solcher Wucht vor ihm hin, dass er gegen seinen Teller stieß und sein Wasserglas über das Essen auf dem Teller der nächsten Person und in deren Schoß kippte.

Dieser Typ sprang auf die Füße. „Was zum Teufel?"

Insekten huschten über den Tisch, und alle in der Nähe sprangen auf und wichen zurück.

Ramsey sah einfach zu mir auf, sein Gesicht ausdruckslos, ruhig, wahnsinnig machend. „Ich nehme an, du hast etwas auf dem Herzen?"

Ich beugte mich nah heran, damit er meinen nächsten Punkt genau zwischen die Augen treffen würde. „Beim nächsten Mal werde ich nicht daneben zielen. Verstehst du mich?"

Sein Gesichtsausdruck änderte sich nicht. Nicht einmal ein Hauch davon, dass er wusste, wovon ich sprach, aber er wusste es. So viel Kredit konnte ich ihm zumindest geben.

Hinter uns räusperte sich ein Professor an ihrem Tisch. „Gibt es hier Probleme?"

„Ruf die Diabolicals zurück." Ich trat ein paar Schritte zurück, mein Blick wich nie von Ramsey. Dann schritt ich an ihm vorbei die Länge des Tisches hinunter und suchte die Teller nach ungegessenem Brötchen ab. Da. Ich schnappte es mir und stopfte mir die Hälfte in den Mund, bevor irgendjemand einen Zauberspruch aufsagen konnte, und mit einer geschickten Handbewegung nahm ich eines vom benachbarten Teller für Seph und steckte es in meine Umhangtasche.

Und wer hätte es gedacht, es war Vickies Brötchen, das ich mir in den Mund gestopft hatte.

„Du Miststück", sagte sie durch zusammengebissene Zähne.

Gut zu wissen, dass ich nicht der einzige hartgesottene Brotfan war, auch wenn mein aktueller Bissen wie Sägemehl schmeckte und sich weigerte hinunterzugehen, weil ich dachte, ich müsste mich übergeben. Das konnte ich aber nicht, konnte kein Zeichen von Schwäche zeigen.

„Tschüssi", versuchte ich zu sagen. Ich winkte ihr mit den Fingern und einem Lächeln zu und verschwand dann schnell. Endlich zwang ich den Bissen hinunter.

„Hier", sagte ich zu Seph, als ich wieder in unserem Zimmer war, und hielt ihr Brötchen hin.

Sie wischte sich die Sauce aus dem Gesicht und vom Kopf, sowie auch eine ganze Menge Tränen, wie es aussah.

Schuld durchzuckte mich, scharf wie es nur ein Dolch je könnte. Als sie das Brötchen nicht nahm, legte ich es auf ihren Schreibtisch. „Es tut mir leid, dass das passiert ist."

„Mir auch."

In ihrer Stimme lag eine Note von Kummer, die mich noch schrecklicher fühlen ließ, als ich es ohnehin schon tat.

„Ich werde das hier aufräumen." Ich ließ mich auf die Knie fallen und suchte nach der größten Scherbe des Tellers, um den Rest des Drecks darauf zu schaufeln.

Als ich den Boden und die Wände geschrubbt hatte, während Seph ihr Brötchen mit einem traurigen, verträumten Blick in den Augen knabberte, war es Zeit für Wahrsagen. Irgendwie kamen wir ohne männliche Kastrationen – ich meine Katastrophen – im Unterricht an. Ohne jegliche Katastrophen. Wirklich schade, dass es keine männlichen Kastrationen gab.

Später wurde Untote Botanik etwas interessanter.

„Ich hasse Gejammer", begann Professor Lipskin anstelle eines einfachen Hallos oder eines „Guten Tag, Klasse". „Mehr noch hasse ich Jammerlappen, und wenn ich mir diese Erstsemester-Klasse ansehe, denke ich, dass ich heute eine Menge davon hören werde. Spart euch das für jemanden, den es interessiert. Nicht. Mich."

Jon hob seine Hand in der ersten Reihe, während die andere Hand eifrig mit Feder und Pergament kritzelte.

„Was?", schnauzte Professor Lipskin.

„Werden die Dinge, die Sie hassen, in der Semesterprüfung drankommen?"

Der Professor verschränkte die Hände vor sich und starrte Jon mit einem dunklen, explosiven Blick an, der Fleisch von Knochen schälen könnte.

Ich unterdrückte ein Grinsen.

Angesichts des Schweigens des Professors blinzelte Jon zu ihm hoch und wurde dann knallrot, als er sicher spürte, wie seine Haut sich kräuselte, kurz davor, sich komplett abzuschälen.

Professor Lipskin winkte mit der Hand, als wolle er Jon aus der Existenz verscheuchen, und Reihen von kleinen Topfpflanzen erschienen auf all unseren Tischen, was uns überrascht aufspringen ließ. Besonders weil alle Pflanzen tot waren, nur knusprige graue Blätter und müde, hängende Stängel.

„Nach eurem Aussehen zu urteilen, bezweifle ich, dass irgendeiner von euch in der Lage sein wird, diese Pflanzen wieder zum Leben zu erwecken", sagte er. „Ihr werdet enttäuscht, frustriert und wütend sein, dass ich euch die ganze Unterrichtsstunde über weitermachen lasse, und lasst mich euch sagen, warum das so wichtig ist. Weil es in der Nekromantie nicht darauf ankommt, wie viel Magie ihr habt oder ob ihr die Worte richtig aussprecht. Ihr müsst es *meinen*. Ihr müsst es tief in euren Knochen spüren, damit der Zauber erfolgreich ist, und das werdet ihr nicht, bis ihr spürt, wie euer Versagen ein Eigenleben entwickelt."

„Ich spüre mein Versagen schon genug, danke", murmelte Seph in ihren Schoß.

Ich runzelte solidarisch die Stirn. Da mein magischer Brunnen für heute ziemlich ausgetrocknet war, würde ich ihre Frustration wahrscheinlich teilen.

„In meinen gut dreißig Jahren als Lehrer an der Nekromantenakademie habe ich nur einen Schüler gesehen, der seine Pflanze am ersten Tag, an dem dieser Zauber gelehrt wird, wieder zum Leben erweckt hat." Er zeigte zur Tür, als würden wir diesen Schüler direkt draußen finden. „Er stammt aus einer langen Reihe von Nekromanten mit dem Namen Sullivan. Mr. Ramsey Sullivan, ein Drittklässler."

Ich schaffte es gerade so, meine Feder nicht in der Mitte durchzubrechen. Na gut. Toll für ihn.

Seph und ich tauschten einen Blick, und sie verdrehte die Augen zur Decke.

„Ich könnte ihn jetzt mehr hassen als du", flüsterte sie.

Ich schüttelte den Kopf. Keine Chance.

Professor Lipskin fuhr fort: „Manchmal wird eure Magie seltsam auf den Zauber reagieren und verrücktspielen, wie es bei jedem Zauber passieren kann. Individuelle Magie gemischt mit bestimmten Arten von Nekromantiezaubern kann sehr schnell sehr schiefgehen, wie ihr in eurem Kurs für Warnende Geschichten sicher gelernt habt oder lernen werdet. Wenn es passiert, geratet nicht in Panik. Ich *hasse* Panik."

Jon fügte das seinen Notizen hinzu.

„Nun denn." Professor Lipskin schnippte mit dem Handgelenk, und schimmernde, goldene Buchstaben schrieben sich in der Luft quer durch das Klassenzimmer: *Adhuc plantabis vixeritis*.

„Dies ist der Nekromantiezauber nur für tote Pflanzen", fuhr er fort. „Wenn ihr ihn für andere tote Dinge benutzt, dann seid ihr Idioten und verdient die übelsten Konsequenzen für eure Handlungen. Sprecht mir nach: *Adhuc plantabis vixeritis*."

Wir wiederholten es.

„Sagt es zu euren Pflanzen, nicht zu mir", schrie er, wobei der weiße Haarschopf auf seinem Kopf über die hervortretende Ader auf seiner Stirn hüpfte. „Ich bin noch nicht tot, trotz des Grades an Dummheit in diesem Raum. Übt für den gesamten Rest der Stunde. *Jetzt*."

Seph rückte ihren Stuhl näher an ihre Pflanze heran. „Er ist entzückend."

Ich seufzte. „Nicht wahr?"

Mehrere Schüler hatten bereits begonnen, den Zauberspruch zu ihren Pflanzen zu sagen ... mit gemischten Ergebnissen. Eine fing Feuer, eine andere schoss Regenbogenfunken bis zur Decke, und wieder eine andere entwickelte stängelartige Beine, sprang vom Tisch und lief einfach aus dem Raum, während ein Schüler hinterherrannte.

Als ich mich wieder zu ihr umdrehte, massierte Seph ihre Schläfen mit auf den Tisch gestützten Ellbogen und beäugte ihre Pflanze genau. Ich konnte den Druck, den sie sich selbst machte, förmlich spüren, was ich verstand, aber es war trotzdem erdrückend.

Ich stupste sie sanft in die Seite. „Auf drei?"

Sie nickte und setzte sich mit einem schweren Seufzer zurück. „Eins..."

Ein Mädchen im nächsten Gang keuchte auf, als ihre Pflanze zum Leben erwachte und dann sofort zu blubberndem Schleim schmolz.

„Zwei...", sagte ich.

Der Typ hinter Seph lachte hysterisch auf, als seine Pflanze eine weiße, flauschige Wolke direkt in sein Gesicht abgab, die sogar mich benommen machte.

„Drei", sagte Seph durch zusammengebissene Zähne.

Wir sprachen den Zauber gemeinsam. Wir warteten. Wir warteten noch mehr.

„Adhuc plantabis vixeritis", sagten wir erneut.

„Nun." Ich tippte auf einen Stängel meiner toten Pflanze, als könnte das sie aufwecken. „Zumindest sind wir konsequent."

Aber Seph sah niedergeschlagen aus. Dann müssen die Muskeln in ihrem Nacken nachgegeben haben, denn ihr Kopf sank herab, und sie lachte prustend. Ich lachte auch, und bald fühlte ich mich, als würde ich im Himmel entlang träge treibender Wolken schweben, die immer weiter kamen und weiter kamen, von der Pflanze des Typen hinter Seph.

Alle lachten. Mein Kopf fühlte sich an, als würde er getrennt vom Rest von mir treiben, aber das war in Ordnung. Alles war großartig. Wie geht's dir so?

„Zeit für Panik!", bellte Professor Lipskin, als er zur Tür schritt. „Alle auf und raus."

Ich folgte und schaffte es irgendwie, alle meine Körperteile bei mir zu behalten. Jetzt fühlte ich mich wirklich komisch. Seph trieb hinter mir her, ihr Arm in meine Armbeuge eingehakt, obwohl ich mich nicht daran erinnerte, das getan zu haben. Was, wenn wir dieselbe Person wären?

Oh Mist. Wo waren meine hinteren Zähne hin?

Frische Herbstluft schlug mir entgegen, und ich sog sie in großen Zügen ein. Wir standen draußen auf den Stufen vor der Schule, der gesamte Jahrgang der Erstsemester sah benommen aus.

„Bleibt hier", befahl Professor Lipskin vom Eingang aus. „Niemand denkt auch nur daran, sich zu bewegen."

„Wow." Seph legte ihre Stirn auf meine Schulter. „Einfach nur... wow."

Hoffentlich hatten die komischen Wolken und das Gelächter etwas von ihrem Druck genommen. Und von meinem auch, aber ich wusste, dass es nicht lange anhalten würde.

„Ja", seufzte ich und ließ uns beide auf den Stufen nieder. „Eine Sache, die mir an dieser Schule aufgefallen ist, ist, dass man das Unerwartete erwarten muss. Hätte nie gedacht, dass ich im Unterricht high werden würde."

Auf Reisen mit meinen Eltern hatte ich aus erster Hand gesehen, wie Leute alle möglichen seltsamen Dinge einatmeten, um einen ähnlichen Rausch wie bei zu viel Met zu spüren, aber als Heiler konnten wir nur begrenzt etwas tun. Wir konnten versuchen, das Loch zu füllen, das sie selbst zu füllen versuchten, aber letztendlich lag es an ihnen, es dauerhaft zu verschließen. Das waren die schwierigsten Situationen, die mich oft nachts wach hielten. Nach der Begegnung mit einer solchen Person war ich durch das Haus gewandert, anstatt zu schlafen, und da hatte ich Leo schlafwandelnd gefunden. Eine Woche später war er tot, und ich fragte mich oft, was ich getan hätte, wenn ich ihn nicht tot aufgefunden hätte, wenn ich Ramsey nicht über ihm stehend gesehen hätte. Wo wäre ich dann? *Wer* wäre ich dann?

Seph holte tief Luft und atmete dann langsam aus. „Was machen wir wegen des Essens?"

„Naja", seufzte ich, „wenn ich je meinen Appetit wiederbekomme, werden wir wohl jemanden bitten müssen, unser Essen heimlich für uns zu besorgen."

Sie nickte. „Jemanden, dem wir vertrauen können. Vielleicht sogar ein paar Leute für die verschiedenen Mahlzeiten, damit es niemandem auffällt?"

Ich ließ meinen Blick über die Erstsemester schweifen, die alle auf den Stufen verteilt lagen. Alle blinzelten im natürlichen Licht, halb geblendet hier draußen wegen des Mangels an Fenstern in der Schule, obwohl kein Sonnenstrahl durch die dicken grauen Wolken über unseren Köpfen drang. Schließlich blieb mein Blick an Echo hängen. Die Diabolicals hatten sich in unserem Flur nicht schnell genug von ihr entfernen können. Außerdem war sie nicht der Typ, der sich etwas gefallen ließ. Vielleicht würde sie uns helfen.

„Echo", rief ich.

Sie blickte von unten an der Treppe auf, blies sich ihre blonden Haare aus dem Gesicht und hob ihr Kinn. „Bin gerade ziemlich damit beschäftigt, nicht zu kotzen."

Ich nickte. „Wenn du dich besser fühlst, habe ich eine Frage."

Sie zuckte halb mit den Schultern, und dann wandte ich meinen Blick nach links zu meiner Sparringspartnerin, die mich mit neugierigen schwarzen Augen anstarrte. Morrissey. Heute trug sie ihr schwarzes Haar frei von einem Kopftuch, und die langen Enden spielten über ihre Zahnspangen und Zahnringe an ihren Fingern. Vielleicht konnte sie uns auch helfen.

Ich winkte sie mit dem Finger heran, und sie stand auf. Echo, die sah, wie sie auf uns zukam, sprang ebenfalls auf und eilte ihr hinterher, scheinbar wieder ganz fit.

„Was gibt's?", fragte Echo und blieb ein paar Stufen unter uns stehen.

„Wir brauchen einen Gefallen", sagte ich leise. „Es scheint, als hätten wir einige der älteren Schüler verärgert, und sie haben unser Mittagessen in Käfer verwandelt. Wir sind sicher, dass es wieder passieren wird, also fragten wir uns, ob ihr zwei uns helfen könntet."

„Und ich." Jon tauchte wie aus dem Nichts auf und schob sich dicht an Sephs andere Seite, seine Aufmerksamkeit vollständig von ihr gefesselt. „Ich kann helfen."

„Oh..." Sephs ebenholzfarbene Wangen wurden rosig, als sie von ihm zu mir sah. „...kay."

Er mochte sie, und sie wusste offensichtlich nicht, was sie mit dieser Information anfangen sollte.

Ich unterdrückte ein Lächeln. „Drei Mahlzeiten. Drei Helfer. Ihr könnt euch sogar abwechseln. Macht einen Plan. Was auch immer funktioniert."

„Ich dachte, nachdem ich die Graystone High verlassen und die Nekromanten-Akademie betreten habe, würde der Mobbing-Scheiß aufhören." Echo zog eine Augenbraue hoch, ihr ständiges höhnisches Grinsen wurde breiter. „Ist sonst noch jemand extrem enttäuscht darüber?"

Seph runzelte die Stirn und blickte auf ihren Schoß. „Ich glaube nicht, dass Mobber jemals wirklich verschwinden. Selbst als Erwachsene nicht."

Ich sah sie genau an und spürte, dass da noch viel mehr hinter dem steckte, was sie gerade gesagt hatte. Jetzt war aber nicht der richtige Zeitpunkt, um nachzubohren.

„Könnt ihr drei das handhaben?", fragte ich stattdessen.

„Wie viel?", fragte Echo.

„Wie viel Essen?"

„Wie viele Münzen?"

Ach, Mist.

„Zwei Münzen pro Person und Tag", sagte Seph selbstsicher.

Echo schnaubte. Morrissey lehnte sich auf ihre Zehenspitzen vor, ihre schwarzen Augen funkelten. Jons Blick wanderte zu Sephs Lippen, und dann verzog sich sein Mund zu einem heimlichen Lächeln.

Mein steinernes Herz wurde ein wenig wärmer. Der arme Kerl hatte es schlimm erwischt.

„Zwei Münzen pro Person und Tag, wenn ihr nicht erwischt werdet", stellte ich mit einem Blick auf Seph klar. „Es gibt eine Probezeit, um zu sehen, wie gut eure Schleichfähigkeiten sind. Wenn das Essen, das ihr schmuggelt, in irgendeiner Weise verdirbt, seid ihr gefeuert. Nehmt es oder lasst es."

„Ich nehme es", sagte Jon leise, ohne den Blick abzuwenden.

Morrissey nickte.

Nach einem langen Moment tat Echo es auch. „In Ordnung. Aber ich übernehme heute Abend das Abendessen. Eine Lieferung zu eurem Zimmer, okay?"

„Achtet nur darauf, dass ihr nicht verfolgt werdet", sagte Seph. „Ich möchte lieber nicht, dass die Diabolicals oder sonst jemand wissen, wo unser Zimmer ist."

Also hatten wir einen Plan, zumindest fürs Essen. Wir würden nicht verhungern.

Aber wie Leo zu sagen pflegte: „Das waren noch die guten alten Zeiten."

Die Dinge würden unendlich viel schlimmer werden.

Kapitel Zehn

Wir wurden verfolgt.

An unserem ersten vollen Wochenende außerhalb der Nekromanten-Akademie schlenderten Seph und ich durch die Tore in Richtung Stadt. Der stürmische Wind peitschte an unseren Umhängen, wirbelte meine Haare in meine Augen und meinen Mund und täuschte uns vor, wir wären allein, da wir über sein Pfeifen und Heulen kaum etwas hören konnten.

Bis zu diesem Punkt war der Rest der Woche ziemlich normal verlaufen, ohne weitere Drohungen oder Tyrannen. Seph und ich aßen. Professor Wadluck wurde immer noch vermisst. Ramsey schien mir aus dem Weg zu gehen. Und die Hand des toten Mannes blieb hartnäckig geschlossen.

Ach ja, und Seph hatte sich aus P.P.E. abgemeldet, um stattdessen Verteidigungsgeschichte zu belegen, das gleich nebenan stattfand. Ich hätte mich auch umgemeldet, aber ich wollte die Turnhalle erkunden, in ihre Ecken und Ritzen schauen und herausfinden, warum sie Seph so beeinflusste. Ich hatte eine haarige Gurke gefunden, die in einem der Geräteständer steckte, wo die Strickleitern aufbewahrt wurden, aber das war nicht gerade der Stoff, aus dem Albträume gemacht sind.

Apropos, Seph war seit dieser einen Nacht nicht mehr schlafgewandelt. Der nächtliche Tee der Schulleiterin Millington wirkte, und ein Teil von mir konnte sich nicht entscheiden, ob das gut oder schlecht war. Ich meine, offensichtlich gut, aber tickte ihre Wochenuhr immer noch? Ich hoffte, das herauszufinden, wenn wir in die Stadt kamen. Die Schulleiterin hatte uns versichert, dass sie mit denen gesprochen hatte, die helfen konnten, und dass sie ... irgendwie halfen.

Aber jetzt stachen mehrere eisige Blicke meinen Rücken auf und ab, als wäre ich eine von Sephs Stoffpuppen und die Schüler hinter uns die Nadeln. Ich riskierte einen Blick und bereute es sofort. Eine ganze Schar verhüllter Gestalten schwärmte etwa fünfzehn Meter hinter uns aus. Ich war nicht naiv genug zu glauben, dass sie zufällig in dieselbe Richtung gingen. Die Luft zwischen uns zitterte zu sehr, und ihre Gesichter waren vollständig von ihren Kapuzen verdeckt.

Die Diabolicals. Ich war mir sicher.

Seph lehnte sich nah zu mir, damit ich sie hören konnte. „Ich könnte ein paar ihrer Haare bekommen."

Ich nickte. Oder ich könnte mich umdrehen und sie versteinern. Aber alle? Sie würden wahrscheinlich einen Zauber auf mich schleudern, sobald ich mich bewegte. Ich packte Sephs Arm und beschleunigte unser Tempo. Außerhalb der Akademietore würde unsere Magie sowieso durch den Rest von Eerie Island gedämpft werden. Was sowohl ein Segen als auch ein Fluch sein könnte.

„Glaubst du, sie können uns hören?", fragte sie.

„Ich weiß nicht." Ich schaute wieder über meine Schulter. Sie waren jetzt nur noch etwa zehn Meter von uns entfernt, obwohl wir schneller gingen. „Warum?"

„Weil du mir noch nicht von Ramsey erzählt hast." Sie senkte ihre Stimme noch mehr, und ich musste mich vorbeugen, um sie über dem Wind und unseren auf den toten Blättern knackenden Schritten zu hören. „Darüber, warum du ihn hasst."

Wir waren so beschäftigt mit dem Unterricht und den Hausaufgaben und damit, den Diabolicals einen Schritt voraus zu sein, dass ich fast gedacht hatte, sie hätte es vergessen. Oder beschlossen, dass sie besser dran wäre, es nicht zu wissen. Dumm von mir, sie zu unterschätzen.

Und wenn Ramsey mich belauschte... Nun, er wusste bereits, was er getan hatte.

Die Tore ragten vor uns auf. Der Wind frischte auf und wirbelte mehr Blätter umher, die alle anderen Geräusche völlig überdeckten. Einschließlich Schritte. Ein Schauer des Unbehagens kroch meinen Rücken hinauf, als ich nach links und dann nach rechts blickte. Zu viele schwarze Umhänge bauschten sich um uns herum, drängten von hinten. Ich spürte ihre Präsenz in Atemweite von meinem Nacken wie tausend dunkle Drohungen.

Mein Herz stolperte. Meine Atemzüge wurden zu kurz. Sollte ich kämpfen? Sollte ich rennen? Ich konnte es nicht mit allen aufnehmen und Seph gleichzeitig beschützen.

Ich verstärkte meinen Griff um sie, wir schossen zum Tor und rissen es auf. Wir huschten hindurch. Der Wind schlug es hinter uns zu, und wir drehten uns um.

Niemand. Niemand war da.

Seph und ich tauschten einen Blick aus, schwer atmend. Ein Teil der Anspannung glitt von meinen Schultern, aber sicher nicht alles. Jetzt spielten sie mit uns, wie Nebbles, der mit Sephs Umhangschnüren in unserem Schlafsaal spielte.

Sie zog ihre Kapuze weiter über ihren kahlen Kopf. „Diese Bastarde verbastardern einfach alles. Sie müssen offensichtlich miserabel sein, um solche Tyrannen zu sein, also wünsche ich ihnen allen ein langes, elendes Leben, damit sie noch länger leiden."

„Verdammt, Prinzessin. Gut, dass ich auf deiner Seite bin."

Grinsend hakte sie ihren Arm wieder bei mir ein. „Und dir wünsche ich ein glückliches Sexleben."

Ich schnaubte. Ich bezweifelte, dass ich viel Sexleben haben würde, da die meisten Jungs Mädchen bevorzugten, die nicht ständig an Mord dachten. Ziemlich sicher jedenfalls. Das Nächste, was ich an Sex erlebt hatte, war ein heißer Kuss mit Walton Banks in der Bibliothek der Weißmagischen Hochschule.

Wir gingen wieder los, wenn auch immer noch vorsichtig. Nach einer Weile der Stille, in der ich mich vergewisserte, dass wir allein waren, öffnete ich den Mund und schloss ihn wieder. Dann, endlich:

„Ramsey hat meinen Bruder getötet."

So. Ich hatte ihn als den Mörder entlarvt, der er war. Es fühlte sich so viel komplizierter an als das, all die Emotionen und Erinnerungen, die es aufwühlte. Es auszusprechen ließ mich kalt und hohl zurück.

Die Nachricht muss Seph wie ein schwerer Schlag getroffen haben, denn sie stolperte seitwärts an den Rand des Waldweges und starrte mich mit reinem Entsetzen an. „Er hat was?"

Ich biss mir auf die Unterlippe und beschloss, zum Ende zu springen, da ich ihr nicht das Schlafwandeln erklären und die Wirkung von Schulleiterin Millingtons Tee auf sie rückgängig machen wollte.

„Eines Nachts im letzten Mai wachte ich auf", begann ich langsam. „Es war spät, noch dunkel draußen, und ich kann nicht sicher sagen, was mich geweckt hat. Vielleicht ein Geräusch. Oder die Sorge, dass etwas nicht stimmte. Ich stand auf und fand meinen Bruder, Leo-" Ich brach ab, das Bild von ihm, wie er dort lag, hatte sich so klar in mein Gedächtnis eingebrannt, dass es war, als würde ich es noch einmal erleben. Ich war mir sicher, dass ich aufgehört hatte zu atmen, als ich ihn sah. Ich war mir nicht sicher, ob ich seitdem wieder angefangen hatte.

Seph wartete geduldig darauf, dass ich fortfuhr, ihre Lippen zu einer ernsten Linie zusammengepresst.

„Er war eindeutig tot", fuhr ich fort. „Ramsey stand mit einem blutigen Messer über ihm, und... Ich erinnere mich so lebhaft an alles, jedes grausige Detail, aber besonders an Ramseys scharfes Lächeln. Er war es. Ohne Zweifel."

Seph seufzte und blickte zu den kahlen Ästen auf, die in den bewölkten Himmel stachen. „Was geschah dann?"

„Ramsey rannte nach draußen auf die Wiese hinter unserem Haus. Ich lief zu Leo, um zu sehen, ob ich ihn irgendwie heilen könnte... obwohl ich wusste, dass es zu spät war. Meine Eltern wachten von meinem Schreien auf, das Ministerium für Strafverfolgung wurde zur Untersuchung gerufen, und... es gab keine Spur davon, dass Ramsey überhaupt da gewesen war. Jemals da gewesen war. Ich kannte seinen Namen damals nicht, aber ich beschrieb ihn - seine Größe, seinen Körperbau, den natürlichen Bogen seiner rechten Augenbraue. Aber es war nur mein Wort gegen das Ministerium, das mir immer wieder sagte, ich solle mich beruhigen, nicht hysterisch werden, obwohl er mein Bruder war."

Mein Held. Meine ganze Welt.

Ein Grollen ertönte über uns, und ich glaubte, Seph es nachahmen zu hören. Sie fluchte in einer Sprache, die ich nicht verstand, aber an ihrem harschen Ton konnte ich es sicher erraten. „Wie hast du Ramsey gefunden, wenn du seinen Namen nicht kanntest?"

Ich atmete aus, um ruhig zu bleiben. „Magie. Ich war nie gut in Ortungszaubern, also wandte ich mich an einen anderen Magier um Hilfe. Sie fand ihn in Pyr, also schickte ich einen Raben zu einer meiner Freundinnen dort mit seiner Beschreibung. Sie meldete sich innerhalb von ein paar Tagen mit seinem Namen und der Information, dass er im Herbst sein drittes Jahr an der Nekromanten-Akademie beginnen würde."

Seph sah mich lange an, als wir uns dem sandigen Strand näherten. Vor uns schlugen riesige Wellen gewaltsam ans Ufer und ahmten den aufgewühlten Himmel nach. Der eisige Wind, der vom Wasser herüberwehte, ließ meine Lungen gefrieren. Außer uns und ein paar dunklen Punkten in der Ferne, die vielleicht Schüler waren, waren wir allein. Sogar der Steg war leer.

„Wie kommt es, dass du nicht gerade schreist?", fragte Seph. „Oder Leuten die Köpfe abreißt, nur um an ihn ranzukommen? Ich würde völlig durchdrehen, wenn ich wüsste, dass der Mörder meines Bruders auf dieselbe Schule geht wie ich."

„Geduld", gab ich zu, „obwohl sie mir schnell ausgeht. Ich hatte den ganzen Sommer Zeit, genau zu planen, wie ich es tun würde. Jede Stunde, die ich konnte, widmete ich dem Erlernen der schwärzesten Magie, die ich im Buch der Schwarzen Schatten finden konnte."

Sie musterte mich genau. „Aber keine Folter?"

„Hä?", sagte ich stirnrunzelnd.

„Was du in der Bibliothek gemacht hast, war ein Versteinerungszauber. Was ich mit der Puppe gemacht habe, war eine Form der Folter." Sie zuckte mit den Schultern. „Ich habe mich nur gefragt, warum du keinen Folterzauber gelernt hast."

Ich öffnete den Mund mit einem Protest auf der Zunge, aber ich zwang ihn mit einem harten Schlucken hinunter. „Ich will, dass er weiß, dass ich es bin, die ihn tötet, und warum. Ich will, dass er tot ist. Ein Leben für ein Lebe n... Eine durchgeschnittene Kehle, wie er es bei meinem Bruder getan hat. Das ist alles."

Sie zupfte an meinem Ellbogen, um meinen Blick einzufangen, ihre Augen aufrichtig. „Das war keine Verurteilung. Ich verurteile dich überhaupt nicht."

„So habe ich es auch nicht aufgefasst. Ich nur..." Sollte ich wollen, dass er leidet? Natürlich. Aber das war nicht der Grund, warum ich das tat. Ich wollte, dass er weg war, mit einem einzigen Messerstreich über seinen Hals aus Amaria herausgeschnitten. Das Ende. Was, zumindest hoffte ich das in Leos Fall, ein schneller Tod war.

Vor uns kam das kleine Fischerdorf am Waldrand etwa vierzig Fuß entfernt in Sicht. Frische Wäsche flatterte auf der Leine an der Seite eines Hauses, und eine Frau nahm sie hastig ab, während sie besorgte Blicke zum grollenden Himmel warf.

„Warum aber?", fragte Seph und sah zu mir hinüber. „Warum hat er deinen Bruder getötet? Kannte er ihn?"

„Das versuche ich noch herauszufinden. Ich habe keine Ahnung. Leo kam letzten Frühling für ein Vorstellungsgespräch als Professor an die Nekromanten-Akademie und lehnte ihr Angebot am Ende ab. Es ist möglich, dass Ramsey ihn dort gesehen hat und... beschloss, dass er ihn ermorden musste?" Ich trat nach einem verirrten Unkraut, das durch den Sand schoss. „Ich weiß es nicht."

„Er hat sich extra Mühe gegeben, es zu tun", sagte sie leise, und ich musste mich anstrengen, um sie zu hören. „Er ist den ganzen Weg zu eurem Haus in Maraday gekommen." Stirnrunzelnd schüttelte sie den Kopf und verstärkte ihren Griff um meinen Arm. „Aus der Sicht eines Außenstehenden, was wäre, wenn du das aus dem falschen Blickwinkel betrachtest? Wir haben es mit Magie zu tun, manche viel dunkler als andere. Nun, Ramsey hat sich als nicht besser als eine Pfütze stehenden Wassers voller toter Fische erwiesen, aber es ist ein ziemlich großer Sprung zwischen dem Verwandeln des Mittagessens zweier Erstklässlerinnen in Käfer und Mord."

Ich schüttelte heftig den Kopf, bevor sie überhaupt fertig war. „Er war es, Seph. Bitte hab ein bisschen Vertrauen in mich, dass ich über die Möglichkeit eines bösen Zwillings oder eines Gestaltwandlers oder jeder anderen Erklärung nachgedacht habe."

„Nein, das meine ich nicht." Sie drückte kurz ihre Stirn an meine Schulter, wie eine Geste der Solidarität, obwohl ich nicht wütend war. Nicht auf sie. „Ich habe alles Vertrauen der Welt in dich. Aber hast du dir seine Augen genau angesehen?"

„Grau, überhaupt kein roter Ring um die äußeren Ränder. Also nicht von einem Dämon besessen. Das Ministerium für Strafverfolgung fand keine Spuren von Magie, weder an Leo selbst noch in der Umgebung. Aber ich schätze es sehr, dass du versuchst, die Sache von allen Seiten zu betrachten. Es hilft mir, mich weniger..." Ich schüttelte den Kopf, unfähig, die Worte herauszupressen. Allein. Allein mit meiner Trauer. Allein mit meiner Wut. Eine gefährliche Kombination.

Seph ging eine Weile schweigend und nachdenklich neben mir her. „Hast du... schon mal daran gedacht, deinen Bruder bei einer Séance zu fragen, warum er ermordet wurde? Ich könnte dir dabei helfen, wenn du möchtest."

„Ja, ich hab's alleine versucht", sagte ich.

„Dawn." Sie blieb stehen und starrte mich mit offenem Mund an.

Ich zuckte mit den Schultern. „Es hat nicht funktioniert."

„Na klar hat es nicht funktioniert", sagte sie mit hysterisch werdender Stimme. „Es gibt vier Seiten der Geistertür, nicht eine. Du brauchst vier Leute, nicht einen. Du hättest sie sperrangelweit für jeden beliebigen Geist öffnen können, der dich in den Tod ziehen will. Hast du überhaupt eine Ahnung, wie gefährlich das ist?"

Die Frau, die gerade ihre Wäsche einsammelte, wirbelte bei der Erwähnung einer Geistertür herum, und ich hatte noch nie jemanden so schnell wieder ins Haus huschen sehen.

Ich runzelte die Stirn, als ich ihr nachsah. „Ich glaube nicht, dass ich sie überhaupt geöffnet habe. Tut mir leid. Aber okay. Ich würde mich über deine Hilfe freuen."

„Ja?", fragte Seph mit einem hoffnungsvollen Unterton in ihrer Stimme.

Ich nickte.

„Dann morgen." Sie grinste eines ihrer typischen Prinzessin-Sepharalotta-Grinsen, das ich schon lange nicht mehr gesehen hatte.

Aber dann erstarrte es. Vor uns lehnte eine schwarz vermummte Gestalt mit hochgezogener Kapuze an dem Gemischtwarenladen, zu dem wir unterwegs waren. Ich konnte ihr Gesicht nicht sehen, aber ich wusste, dass sie starrte. Beobachtete.

„Tu so, als hättest du sie nicht gesehen", murmelte ich.

Wir gingen schnell vorbei und betraten den Laden. Die Gestalt folgte uns, direkt hinter uns, so nah, dass sie meine Schulter streifte. Sie verfolgte uns.

Wir huschten um eine Ecke an einem Regal mit Federn und Tintenfässern vorbei und warfen Blicke hinter uns. Unser Schatten war verschwunden.

„Bleib dicht bei mir", sagte ich zu Seph, als wir auf die Bücher zusteuerten.

„Warum unternehmen sie nichts?", fragte sie. „Warum sagen sie nichts?"

„Um uns Angst zu machen", flüsterte ich. „Aber das klappt nicht, oder?"

Sie schnaubte. „Sprich für dich selbst."

Ich kicherte trotz der Situation. „Hilfst du mir, eine Karte zu finden?"

Ihr Blick war auf unseren Schatten gerichtet, der den Laden durchquert hatte und viel zu interessiert an den Behältern mit getrockneten Kräutern zu sein schien. „Eine Karte wovon?"

„Nekromanten-Aka—"

Aber sie reichte mir schon eine.

„Wie hast du das gemacht?", fragte ich ungläubig.

Sie grinste. „Ich kann zwar keine Nekromantie, aber ich genieße es, Leute mit meinen anderen Talenten zu beeindrucken."

„Angeberin." Ich nahm ihr die Karte ab, und nachdem ich sie mehrere Minuten studiert hatte, war es genau wie ich gedacht hatte. Laut der Karte gab es einen Raum hinter der Turnhalle, ohne Beschriftung, und ich konnte nirgendwo Türen sehen, die hineinführen könnten. So wie ich es mir vorstellte, war das genau die Stelle, an der Seph während ihres Schlafwandelns außerhalb der Akademie stehengeblieben war.

Ich kann da nicht rein, hatte sie geflüstert. Aber warum?

In diesem geheimen Raum war irgendetwas, und was auch immer es war, es beunruhigte Seph sogar im Schlaf. Hatte es Leo auch beunruhigt?

Seph bezahlte die Karte und ziemlich viele Kerzen für unsere Séance, und als wir uns umdrehten, war unser Schatten verschwunden.

Und drei weitere warteten draußen. *Scheiße*.

Wir tauchten in einem Pub ein paar Gebäude weiter unter – einem rustikalen, aber gemütlichen Ort namens Eerie Spirits. Es war voll und laut, aber nicht laut genug, um die zwei keuchenden Schülerinnen zu übertönen, die gerade durch die Türen gestürmt waren. Wir warfen unsere Kapuzen zurück, um besser sehen zu können, und das stellte sich als Fehler heraus. Alle drehten sich um und starrten uns an, der ganze Pub wurde still.

Seph winkte unbeholfen, und als ich sie quer durch den Raum zum nächsten freien Tisch zog und dabei auf Zehen trat, verwandelten sich die Blicke in finstere Mienen, als sie uns musterten. Keiner von ihnen trug schwarze Umhänge oder hatte Gesichtstätowierungen, die uns – besonders Seph – als anders kennzeichneten.

Ehrlich, warum waren die Leute so besessen von ersten Eindrücken, wenn diese so oft falsch waren? Das kletterte auf meiner sehr kurzen Liste von Dingen, die mich dazu bringen könnten, stechend zu werden, immer weiter nach oben.

„Netter Laden", murmelte Seph durch zusammengebissene Zähne.

Der Barkeeper kam zu uns herüber und knallte praktisch zwei Gläser Wasser auf den Tisch, bevor er davoneilte.

„Und die Leute sind einfach entzückend." Als sich die Aufmerksamkeit der Leute langsam wieder ihren eigenen Angelegenheiten zuwandte, zog ich die Karte aus meinem Umhang und legte sie flach auf den schmutzigen Tisch, damit Seph sie sehen konnte. Hellblaue magische Fäden funkelten in den Ecken, um sie flach zu halten. „Wie gut kennst du den Grundriss der Schule?"

„So gut, wie man es von einer Erstsemestlerin am Ende ihrer ersten Woche erwarten kann. Hervorragend, natürlich." Sie flüsterte ihren Essensreinigungszauber und trank dann mehrere Schlucke Wasser. „Warum?"

Ich zeigte auf den geheimnisvollen Raum. „Was glaubst du, ist hier drin?"

Sie sah ihn genau an und runzelte die Stirn. „Keine Beschriftung. Ich habe keine—" Sie drückte ihren Finger auf den nahegelegenen Friedhof und blinzelte zu mir hoch, ihr Mund fiel auf. „Ich erinnere mich, das in meinem Traum gesehen zu haben. Ich bin direkt daran vorbeigegangen, sah zwei Engelsstatuen über Gräbern mit Käfigen darüber, weil ich auf der Suche war nach..."

Diesem Raum.

„Wonach habe ich in meinem Traum gesucht? Es fühlte sich wichtig an." Sie stieß ein frustriertes Stöhnen aus, was ihr erneut angewiderte Blicke einbrachte. „Es liegt mir auf der Zunge."

In diesem Moment kam Professorin Margo Woolery hereinspaziert, das Kinn erhoben und ihren roten Umhang hinter sich herflatternd. Die Leute starrten auch sie an, aber mit deutlich weniger Verachtung, möglicherweise weil sie etwas besser hineinpasste und wunderschön war.

Als der Barkeeper ihr mit einem schüchternen Lächeln und einem Hauch von Röte im Gesicht ein Glas Met reichte, entdeckte die Professorin uns und winkte. „Schön zu sehen, dass ihr zwei genug Verstand hattet, irgendwo ins Warme zu kommen. Es ist eisig da draußen."

„Stimmt", sagte Seph und rückte ihren Stuhl zur Seite, damit die Professorin sich zu uns gesellen konnte. „Als ich hörte, dass die Akademie in der Nähe eines Strandes liegt, ging ich automatisch von warmem Sand aus, in den ich meine Zehen vergraben könnte, und nicht von... dem hier."

Professorin Woolery ließ sich in den Stuhl plumpsen, und die eisige Luft, die von ihr ausging, drang erneut durch meinen Umhang. Ihre glänzenden kastanienbraunen Wellen fielen ihr über die Schultern und ringelten sich in Richtung der großen roten Knöpfe, die ihren Umhang zusammenhielten. Unsere Dozentin für die Geschichte der Warnungen schien die Königin der großen Knöpfe zu sein.

„Ehrlich gesagt? Ich auch, aber ich habe gehört, man gewöhnt sich daran. Allerdings ist es dann, wenn man sich endlich daran gewöhnt hat, schon Sommer und Zeit, nach Hause zu fahren." Sie nahm einen langen Schluck aus ihrem Glas und stellte es dann ab, wobei ihr Blick seitwärts auf die Karte vor mir fiel. „Wow, die ist alt."

„Ist sie das?" Mir war gar kein Datum aufgefallen.

Sie nickte und beugte sich näher darüber. „Sie zeigt nicht einmal den Frauentrakt. Erst in den letzten zweihundert Jahren hat die Schule beschlossen, weibliche Schüler aufzunehmen."

„Krass. Wirklich?", fragte Seph.

Die Professorin strich sich ein paar vom Wind zerzauste Haare aus dem Gesicht. „Dank Schulleiter Pollygar. Er war ein fortschrittlich denkender Mann für eine so altmodische Schule wie die Nekromantenakademie, aber nach und nach kam die Schule zu seiner Denkweise." Sie führte ihre Tasse wieder zum Mund und murmelte: „Sie hat immer noch einiges aufzuholen."

Ich fragte mich, was sie damit meinte, beschloss aber, nicht weiter nachzuhaken, um Zeit zu sparen. Geschlechtergleichstellung war für mich ein wunder Punkt, über den ich früher stundenlang Leo vollgequatscht hatte, der sich aus irgendeinem Grund entschieden hatte, mich zu ertragen und zuzuhören. Im Moment hatte ich jedoch größere Probleme.

„Wissen Sie, was das für ein Raum ist?", fragte ich sie und zeigte darauf.

„Mal sehen." Je länger sie es studierte, desto tiefer wurde die Falte zwischen ihren Augenbrauen. „Es sieht aus wie die Rückwand der Turnhalle, aber die Schule wurde seit der Zeichnung dieser Karte mehrmals renoviert. Es könnte einmal etwas gewesen sein, ist aber jetzt wahrscheinlich einfach Teil der Turnhalle. Ich bin ein bisschen ein

Geschichtsfreak, deshalb habe ich diese Schule eingehend studiert."

„Und die Geschichte der Warnungen", fügte Seph hinzu. „Sie kennen alle kleinen Details und machen es so interessant."

Professorin Woolery strahlte.

Hier war nicht der richtige Ort, um mehr mit ihr über die Turnhalle zu sprechen und warum Sephs Unterbewusstsein davon besessen war, was in Ordnung war, da ich noch ein Dutzend weitere Fragen hatte.

Ich lehnte mich zu ihr. „Haben Sie schon mal von den Diabolicals gehört?"

Sie wandte ihren Blick zu mir, mit einer Schärfe, die vorher nicht da gewesen war. „Wo hast du diesen Namen gehört?"

„Ich habe ihn auf dem Weg zum Unterricht aufgeschnappt", sagte ich achselzuckend. „Bedeutet er etwas?"

„Ja, er bedeutet etwas." Sie nahm noch einen Schluck, ihre Bewegungen langsam und vorsichtig. „Es ist eine Bruderschaft von Schülern und Mitarbeitern, die es gibt, seit die Schule gegründet wurde."

„Da es eine Bruderschaft ist, nehme ich an, sie lehnen Frauen ab." Seph verdrehte die Augen zur Decke. „Machen sie sonst noch was?"

„Das kann ich wirklich nicht sagen, da ich kein Mitglied bin", sagte sie.

„Wissen Sie, was sie mit dem Onyxstein zu tun haben?", fragte ich.

Sie prustete und hustete so heftig, dass sie die Blicke von den umliegenden Tischen auf sich zog. Seph klopfte ihr auf den Rücken, während die Professorin sich die Tränen von den rotgefleckten Wangen wischte und sich wieder fasste.

„Wer hat dir gesagt, dass sie verbunden sind?", fragte sie, als sie wieder zu Atem gekommen war.

„Niemand", sagte ich. „Ich habe es in den Stichwortverzeichnissen einiger Bücher in der Bibliothek gesehen, aber die Seiten, die es erklärten, waren alle herausgerissen."

Sie seufzte tief und lehnte sich in ihrem Stuhl zurück, ein leichtes Zittern in ihrer Hand, als sie sie wieder über den Tisch zurück in ihren Schoß gleiten ließ. „Du hast von den Steinen von Amaria gehört."

„Sechs Steine, verteilt über sechs Länder in Amaria", sagte Seph ohne zu zögern. „Wenn die Steine aktiviert werden, passieren schlimme Dinge. Das ist alles, was ich weiß."

Professorin Woolery runzelte die Stirn. „Da steckt noch ein bisschen mehr dahinter. Vor langer Zeit herrschte ein Mann namens Ryze über ganz Amaria."

Seph und ich tauschten einen Blick aus. „Ryze", sagten wir beide. Der einzige Typ in der Geschichte, der erfolgreich Menschen von den Toten auferwecken konnte.

„Sollte er nicht tot sein, wenn es vor langer Zeit war?", fragte Seph.

„Er war äußerst grausam", fuhr die Professorin fort und ignorierte die Frage. „Er praktizierte Versklavung und Folter. Bei seinem Ableben benutzte er Magie, um seine Seele auf sechs Steine zu verteilen."

Seph nickte. „Er sah seinen Tod kommen und traf Vorkehrungen."

„Genau. Damit er eines Tages in der Zukunft zurückkehren könnte", sagte Professorin Woolery und senkte dann ihre Stimme. „Das Gerücht, das in Amaria kursiert, ist, dass seltsame Dinge dort passieren, wo die Steine aufbewahrt werden. Es gibt sogar Gerüchte, dass einige bereits aktiviert wurden. Aber wenn alle sechs Steine irgendwie aktiviert werden, wird seine Seele freigesetzt und er könnte tatsächlich zurückkehren."

„Hat das irgendetwas mit Professor Wadluck zu tun?", fragte ich.

„Ich weiß es nicht." Tränen schimmerten in ihren Augen und ein Ausdruck der Verzweiflung verzerrte ihre Züge. „Die Belegschaft hat gesucht, aber er ist einfach. .. spurlos verschwunden. Er ist ein guter Mann, fast wie ein Vater für mich, und ich denke, er war zum Teil der Grund, warum ich diesen Job als Professorin im ersten Jahr bekommen habe."

„Sie sagten, einige Schüler und Mitarbeiter wären Dia bolicals...", begann Seph. „War er einer?"

„Möglicherweise." Sie strich mit den Händen über die Karte und verzog das Gesicht. „Das würde Sinn machen, denn ich glaube, sie bewachen den Onyxstein hier auf Eerie Island. Der Stein könnte sogar in der Schule sein, aber dieser Teil der Geschichte wird sehr unter Verschluss gehalten."

„Also wären die Diabolicals so etwas wie die Hüter des Steins", sagte Seph mit weit aufgerissenen Augen.

Aber dann wären die Diabolicals doch die Guten, oder? Aber sicher nicht alle von ihnen. Vielleicht hatten die Diabolicals ihre kleine Gruppe ursprünglich als entschlossene Beschützer des Onyxsteins zum Wohle Amarias gegründet, aber jetzt waren sie kompromittiert. Ein kaltblütiger Mörder lauerte unter ihnen.

Könnte Ramsey Ryze helfen? Möglicherweise... Wurde Seph irgendwie gebraucht, um den Stein zu aktivieren? Vielleicht... Alles, was ich im Moment hatte, waren lose Fäden, von denen keiner auf eine für mich erkennbare Weise verbunden war.

Aber wenn jemand dabei half, die sechs Steine von Amaria zu aktivieren, wären wir alle, nicht nur Eerie Island, offiziell am Arsch.

KAPITEL ELF

IN DIESER NACHT DRANG ein leichtes Pochen durch die Ränder meiner Träume. Schemenhafte Umrisse meines Schlafsaals blitzten auf, aber der Schlaf hielt mich fest und zog mich wieder hinunter. Dann kam es erneut. Bumm.

Und eine geflüsterte Stimme.

„Er ist hier."

Meine Augen flogen auf. Fackellicht warf verrückte Schatten an die Decke und Wände, ließ den Raum lebendig werden mit Bewegungen, die es nicht geben sollte. Ein Geruch wie brennendes Holz stach mir in die Nase. Ich drehte mich zu Sephs Bett. Leer, bis auf Nebbles, deren reflektierende grüne Augen auf die Tür gerichtet waren. Seph stand davor, ihr Kopf zuckte hin und her, als versuchte sie, einen Glühwürmchen zu erhaschen. Sie hielt ihre Arme vor sich, im Ellbogen gebeugt, und lief immer wieder gegen die Tür.

Bumm. Bumm.

Ich befreite mich aus meinen Decken und setzte meine nackten Füße auf den Boden. Schmerz schoss durch Fleisch und Knochen, und ich zuckte mit einem lauten Zischen zurück. Der Boden war eiskalt, so kalt, dass es brannte. Krämpfe zogen sich durch meine Fußmuskeln und trieben mir Tränen in die Augen, so sehr schmerzten sie. Als würden sich die Innereien meiner Füße über jeden einzelnen Nerv winden. Ich packte sie fest und zog sie näher zu mir aufs Bett, um sie zu wärmen und die Krämpfe wegzumassieren.

„Sei jetzt still", flüsterte sie. „Es wird bald vorbei sein."

Alarmsirenen heulten in meinem Kopf. Wovon redete sie? „Seph. Nein."

Da wurde mir klar, was sie tat. Sie lief nicht nur gegen die Tür, sondern... schmolz sie. Das war es, was ich roch. Ein faustgroßes Loch war hindurchgebrannt, genau dort, wo ich früher in der Woche ein weiteres Schutzzeichen gezeichnet hatte. Irgendwie verbrannte sie die Tür, während der Rest des Raums zu einem Eisblock gefror. Sie trug keine Schuhe, nur ein dünnes rotes Nachthemd, das um ihre Knöchel flatterte. Ihr Atem kondensierte vor ihr in der Luft, und sie zitterte unkontrolliert trotz der schmelzenden Tür.

„Er ist hier. Ich muss es holen gehen, um es ihm zu geben. Er wird so stolz auf mich sein." Mit dem nun großteils fehlenden Schutzzeichen öffnete sie die Tür und trat in den Flur hinaus.

„Nein, komm zurück", rief ich ihr nach. „Seph!"

Nebbles duckte sich auf dem Bett, die Haare auf ihrem Rücken gesträubt.

Ich massierte meine Füße noch kräftiger, aber es fühlte sich immer noch an, als wären meine Zehen ineinander verschraubt. Es blieb keine Zeit mehr, sich damit zu befassen. Meine Stiefel lagen auf meiner Truhe, die unmöglich weit vom Fußende meines Bettes entfernt stand. Zu weit. Als hätte jemand sie verschoben.

Der Gedanke raubte mir den Atem. Hatte Seph das auch getan? Oder war jemand hier bei uns gewesen, um Seph aus ihrem tee-induzierten Schlaf zu wecken? Ich entdeckte das Elixier auf meinem Schreibtisch. Hatte jemand es bei ihr angewandt? Aus dieser Entfernung konnte ich mir nicht sicher sein.

Die stechenden Schmerzen in meinen Füßen ignorierend, streckte ich mich von der Sicherheit meines Bettes zur Truhe, um an meine Stiefel zu kommen. Sie waren gerade außer Reichweite, absichtlich dort platziert. Die

Zähne zusammenbeißend streckte ich mich weiter, setzte schließlich einen verkrampften Fuß auf den Boden, der nun mit Raureif bedeckt war. Unsichtbare Eiszapfen bohrten sich durch mein Fleisch. Ich schrie auf, der Schmerz so stark, dass sich tintenklecksartige Flecken in mein Sichtfeld drängten.

Nein, ich durfte nicht ohnmächtig werden. Ich musste Seph erreichen, bevor sie zu weit ging.

Ich griff nach meinen Stiefeln und zog mich keuchend und zitternd zurück aufs Bett. Die Tränen auf meinen Wangen wurden hart und rissig, die scharfen Kanten stachen in meine Haut. Alles gefror. Ich musste hier raus, Seph finden und zur Schulleiterin gehen.

Zusammenzuckend zwängte ich meine schmerzenden Füße in die Stiefel und stand auf. Das war besser. Kein Schmerz außer dem, den ich bereits spürte. Aber als ich meinen Fuß hob, um einen Schritt zu machen, konnte ich nicht. Meine Stiefel waren bereits am Boden festgefroren. Verdammt, das war ein brillanter Zauber, der mich aufhalten sollte, damit Seph einen riesigen Vorsprung bekam. Ich hatte keine Ahnung, wie ein Gegenzauber überhaupt aussehen würde.

Moment mal. Vielleicht doch. Ein Heilzauber könnte funktionieren. Ein Zauber für Menschen, nicht für Böden, aber ich würde alles versuchen.

Ich kniete mich hin, wo ich stand, und hielt meine Fingerspitzen über den Boden. „Binde dich in Gesundheit, Schütze auch Geist und Seele, Stärke Kraft und Freude, Lass alles sich erneuern."

Graue Funken sprühten von meinen Fingern und schwebten über dem Raureif zur Tür hin. Ich brauchte nur einen Weg nach draußen, aber die Funken hingen dort, weder schmelzend noch sich viel bewegend, als wären sie unsicher, was zu tun sei.

Toller Plan.

„Binde dich in Gesundheit, Schütze auch Geist und Seele, Stärke Kraft und Freude, Lass alles sich erneuern." Diesmal berührte ich meine Stiefel und weigerte mich aufzugeben. Die Funken hafteten an meinen Stiefeln wie ein Hauch grauer Sterne, und dann durchströmte mich eine mächtige Welle von Wärme. Als ich feststellte, dass ich einen Schritt machen konnte und dann noch einen, schoss ich aus dem Zimmer, Seph hinterher, und griff im Vorbeigehen meinen Umhang vom Bettpfosten.

„Bleib genau da, Nebbles", rief ich.

Wie ich vermutet hatte, war der Flur verlassen, also rannte ich so schnell ich konnte zur Treppentür. Völlige Stille empfing mich dahinter, nicht einmal das leiseste Klatschen nackter Füße. Sie war aus der Tür gerannt und hatte wahrscheinlich einen großen Vorsprung vor mir.

Ich begann die Stufen hinunterzugehen, meine Ohren gespitzt nach jedem Geräusch. Seph hatte gesagt: „Er ist hier." Ryze? Wo? Angesichts des aufsteigenden Kribbelns in meinem Rücken, dem dunklen Gefühl der Angst, das in mein Bewusstsein sickerte, platzierte meine Fantasie ihn direkt hinter mir. Aber er war nicht da. Niemand war da.

Als ich zu den Eingangstüren der Schule kam, fand ich sie geschlossen und immer noch verriegelt vor. Beim letzten Mal waren sie weit offen gewesen, und ich hatte sie geschlossen. Ich wandte mich zu den gegenüberliegenden Doppeltüren und den Klassenzimmern dahinter. Der Boden und die Wände wimmelten von Schatten, und das kribbelnde Gefühl in meinem Nacken wurde mit jeder Sekunde intensiver.

Er ist hier.

Ich hatte mich nie vor der Dunkelheit gefürchtet, hatte nie wirklich darüber nachgedacht. Aber jetzt, als ich dem Unbekannten gegenüberstand, während ich allein durch eine gruselige Schule suchte, war ich verängstigt. Mein Kiefer schmerzte, so fest biss ich die Zähne zusammen. Meine Muskeln waren so verkrampft, dass es mich jede Anstrengung kostete, mich von der Tür zu lösen und den Eingangsbereich zu überqueren.

Ich umfasste den Griff der Tür zum Klassenzimmerflur, schluckte mein Herz hinunter und zog dann die Tür auf.

Ein Streifen Mondlicht schien durch die Buntglaskuppel über mir. Es war besser als völlig blind zu sein, und bald fand ich die Turnhalle – mit weit geöffneter Tür.

„Seph", flüsterte ich, kaum ein Ausatmen.

Ein leises Kratzen war aus der Dunkelheit zu hören. Und Stimmen. Zwei davon, die von der gegenüberliegenden Wand widerhallten.

Ich hielt inne, um zu lauschen, und beugte mich vor, um meinen Dolch aus dem Stiefel zu ziehen, nur für den Fall.

„Ein bisschen weiter, noch ein Stückchen", sagte Seph mit zitternder Stimme. „Ich weiß, ich kann es schaffen."

„Geduld", sagte eine andere, tiefere Stimme, die mir eine Gänsehaut über den ganzen Körper jagte.

Das war nicht Ramsey. Das war niemand, den ich kannte. Ryze? Wenn ja, war ich hoffnungslos überfordert.

Panik quetschte sich durch die Dunkelheit, drückte sich zwischen meine Rippen und machte meine Atemzüge flach. Aber ich musste dem ein Ende setzen. Es war keine Zeit, um Hilfe zu rufen, und außerdem konnte ich Seph nicht im Stich lassen.

Ich biss mir auf die Zunge, bis ich Blut schmeckte. Ich nahm all meinen Mut zusammen und hob die Hand, um Licht zu erzeugen – als plötzlich ein Feuerkreis die gegenüberliegende Wand der Turnhalle umschloss. Und in der Mitte stand eine rote Tür, die vorher nie da gewesen war.

Seph stand als Silhouette davor. Seph und niemand sonst.

Sie leuchtete im Feuerschein, ihr rotes Nachthemd wehte hinter ihr. Sie ging bereits auf die Tür zu und streckte die Hand nach dem Knauf aus, während die Flammen um sie herum leckten und sie näher lockten.

„Seph, halt!", rief ich und sprintete auf sie zu, Panik schlug ein Loch in meine Brust.

Sie würde sich verbrennen, wenn sie noch näher käme, und es war ihr vielleicht nicht einmal wichtig.

Während ich lief, ließ ich meinen Blick in die dunklen Ecken der Turnhalle schweifen, aber meine Hauptaufmerksamkeit galt ihr.

Sie trat näher, streckte sich, streckte sich. Der Geruch von verbrannter Haut verpestete die Luft, und ich würgte, verlangsamte aber nicht. Die Flammen zogen sie wie Finger näher, verbrühten ihre kahle Kopfhaut und verbrannten ihr Nachthemd, sodass es von einer Schulter hing.

„Nein!" Ich war fast da, streckte mich ebenfalls aus, die feurige Hitze schlug mir bis zu den Ohrspitzen ins Gesicht. Noch näher, und es wäre mein Fleisch, das zusammen mit ihrem zu Asche verbrannte.

Ich packte sie am Rücken ihres Nachthemds und riss sie zurück.

Sie kämpfte wie ein tollwütiger Hund gegen mich an, aber ich grub meine Fersen ein und zog weiter mit aller Kraft. Mit einem weiteren Ruck zerrte ich sie aus der Reichweite des Feuers. Sofort erlosch es, ohne auch nur einen Hauch von Rauch zu hinterlassen, und hüllte den Raum wieder in pechschwarze Dunkelheit und dröhnende Stille.

Dann stieß Seph ein qualvolles Wimmern aus, so laut und durchdringend und gequält, dass es mir das Herz zerriss. Instinktiv legte ich meine Hand auf ihre Schulter, um sie zu beruhigen, und geschmolzenes, klebriges Fleisch quoll zwischen meinen Fingern hervor.

Oh. Götter.

Mein Magen rebellierte, aber bevor ich mich auf das Erbrechen konzentrieren konnte, wurde sie in meinen Armen ohnmächtig. Götter, bitte nur eine Ohnmacht. Ich konnte nichts Schlimmeres ertragen. Nicht jetzt. Nicht je. Nicht bei jemand anderem, den ich mochte, oder es würde mich noch mehr zerbrechen.

Vorsichtig balancierte ich ihr Gewicht und legte sie auf den Boden. „*Binde dich in Gesundheit. Schütze auch Geist und Seele. Stärke Kraft und Glück. Lass alles sich erneuern.*"

Ein Netz aus grauem Licht bildete sich über ihrer Haut, und ich musste den Blick von den Verletzungen abwenden. Ein Schluchzen kroch meine Kehle hoch und brachte die Drohung von Galle mit sich, aber ich zwang beides zurück hinunter. Sie sah im schwachen Licht meiner Magie kaum noch aus wie die Seph, die ich kannte, und ich wusste ehrlich gesagt nicht, ob ich sie heilen konnte.

Ein Geräusch kam aus dem Flur hinter mir – ein Fußtritt, gefolgt vom Klicken der sich schließenden Tür. Sie sperrte uns ein.

Ich wirbelte herum und presste die Lippen fest zusammen, um meine Atemzüge zu unterdrücken. Mein Herzschlag hallte in jeden Winkel meines Körpers. War jemand hereingekommen? Oder war jemand hinausgegangen? Das Heilungsleuchten um Seph verblasste, also schnippte ich mit den Fingern, um ein Licht zu entzünden. Kaum genug, um einen Fuß vor mir zu sehen, aber ausreichend, um jemanden zu uns zu führen.

Wir mussten hier raus.

Ich wandte mich wieder Seph zu und sah, dass meine Heilung ziemlich gut gewirkt hatte, aber Flecken glänzender, wütend roter Haut sprenkelten immer noch ihre sonst makellose ebenholzfarbene Haut. So sanft wie möglich packte ich den Rücken ihres Nachthemds am Hals und zog sie über den Boden, während mein anderer Arm ausgestreckt war, um die Dunkelheit zu erhellen. Meine

Muskeln zitterten vor Anstrengung. Das würde ewig dauern, aber ich hatte keine andere Wahl.

Die Dunkelheit jenseits des schwachen Leuchtens in meiner Hand wimmelte ringsum von Bewegung. Ich versuchte, mehr Magie hineinzupumpen, aber nach dem großen Heilzauber, den ich gerade gewirkt hatte, war ich erschöpft.

Ein Lufthauch strich wie ein Ausatmen an meiner Wange vorbei. Ich wirbelte herum, sah aber niemanden.

„Wer ist da?", forderte ich, meine Stimme viel härter, als ich mich fühlte. Der Rest von mir zitterte heftig.

Ich hatte nur noch sehr wenig Magie in meinen Reserven, und wir waren nicht allein. Ich konnte die Präsenz so real wie die Dunkelheit selbst spüren, wie sie näher kroch, gerade außerhalb der Reichweite des Lichts. Jeder meiner Schritte zerrte unerbittlich an meinen Nerven, aber ich hatte keine Ahnung, ob ich in die richtige Richtung zur Tür ging. Der Radius, den ich sehen konnte, sah überall gleich aus, und ich hatte plötzlich den erschreckenden Gedanken, die ganze Nacht in der Turnhalle umherzuirren auf der Suche nach dem Ausgang.

Denn mein Licht wurde schwächer. Die sterbende Flamme brachte die Dunkelheit näher und würgte sie mir die Kehle hinunter. Plötzlich konnte ich nicht mehr atmen und musste anhalten, meinen Griff an Seph neu justieren und mich genug sammeln, um mich zu konzentrieren. Mich darauf zu konzentrieren, uns hier rauszubringen.

Ich setzte mich wieder in Bewegung, scheinbar noch langsamer als zuvor. Meine Muskeln schmerzten von der Anstrengung, Seph zu ziehen, und meine Stiefel verfingen sich immer wieder am Saum meines Umhangs, der durch das zusätzliche Gewicht am Boden schleifte.

Seph zuckte.

Oder etwas zerrte an ihr.

Mein Griff rutschte ab, aber ich fing sie gerade noch rechtzeitig wieder auf. Alarmiert stellten sich mir die Nackenhaare auf. Ich schwenkte mein Licht um sie herum, um erneut die Dunkelheit abzusuchen, meine Augen fühlten sich so weit aufgerissen an, als könnten sie meinen ganzen Kopf einnehmen. Mein Herz hämmerte in meinen Ohren, ein scharfer, ungleichmäßiger Klang wie meine abgehackten Atemzüge.

Mein Licht wurde noch schwächer.

„Du kriegst sie nicht", sagte ich mit zitternder Stimme. „Ich lasse das nicht zu. Hörst du mich?"

Ich biss die Zähne zusammen gegen die Stille und machte weiter. Bald fand ich eine Wand, aber keine Tür, also folgte ich ihr, bis dort endlich die Tür stand. Mit dem Rücken drückte ich sie auf und zog Seph in den Flur hinaus. Da er schwach vom Mondlicht durch die Glasdecke erhellt war, pustete ich den Funken in meiner Handfläche aus – und erstarrte dann.

Jede Tür im Flur stand offen. Auch im zweiten Stock. Vorher war das nicht so gewesen. Da war ich mir sicher. Als die Turnhallentür zuschlug, taten es ihnen die anderen mit lauten Knallen gleich, die den Flur entlang hallten und meine Zähne zum Klappern brachten.

Ich schrie auf, jeder Muskel in mir war angespannt.

Seph lachte, so dunkel und erschreckend und falsch. Das Geräusch jagte mir tausend kleine Schauer über den Rücken. So hatte sie noch nie gelacht, und oh Götter, ich ließ sie fallen. Direkt dort auf den Boden, weil alles in mir danach schrie, von diesem Klang wegzukommen. Sie war jedoch immer noch bewusstlos und lag völlig still da.

Wie war das passiert? Besessenheit? Oder schlafwandelte sie noch? Ich kniete mich neben sie und zog ihre Augenlider herunter. Ihre Augen waren nach hinten gerollt, aber soweit ich sehen konnte, war kein roter Ring um sie herum. Also keine Besessenheit.

Scheiße. Ich musste sie aufwecken. Ich zog sie weiter von der Turnhallentür weg und schlug ihr dann sanft ins Gesicht, gerade fest genug, um die empfindlich aussehende Haut, die ich nicht geheilt hatte, nicht zu verletzen. Einige ihrer Tattoos hatten sich verzerrt und gekräuselt, was ihrem Gesicht ein monströses Aussehen verlieh, das es nicht haben sollte. Ich würde sie in Ordnung bringen. Ich würde das alles in Ordnung bringen. Irgendwie.

„Seph, hey. Du musst aufwachen. Hey, sprich mit mir. Bist du da drin?"

Die mondbeleuchtete Glasdecke warf schimmernde rote und schwarze Diamanten und Wirbel über ihr verbranntes Nachthemd, und allmählich begannen sie sich zu bewegen, als sie einen zitternden Atemzug nach dem anderen nahm. Ihre Augenlider flatterten. Sie kam langsam zu sich.

„Hey, ich bin's", sagte ich. „Dawn. Deine Mitbewohnerin?"

Ihre Augen öffneten sich schlagartig. Kein Rot. Nur pure, ungezügelte Panik.

Sie schoss auf die Füße und wich vor mir zurück, suchte ihre Umgebung ab und presste die Hände auf ihre Brust. Dann fiel ihr Blick auf die Tür der Turnhalle, und ein Zittern durchfuhr ihren ganzen Körper.

„Es war nicht ..." Sie stolperte fast über ihre eigenen Füße, als sie von mir wegstolperte. „Es war kein Traum ... oder?"

Sie musste die Wahrheit deutlich in meinem Gesicht gelesen haben, denn die Vorderseite ihres Nachthemds wurde nass und Rinnsale liefen ihre Beine hinunter und sammelten sich in einer Pfütze zu ihren Füßen. Sie ließ den Kopf hängen und schluchzte.

Oh Götter. Mein Herz zerriss es mittendurch für sie und verstopfte meine Kehle mit zu vielen Emotionen. Ich ignorierte den beißenden Uringeruch, umging ihn, als ich auf sie zuging, und nahm sie in den Arm.

War das, was Leo vor seinem Tod durchgemacht hatte? Was er gefühlt hatte? Er musste sich daran erinnert haben, dass er schlafgewandelt war, sonst wäre er nicht hergekommen, um Hilfe zu holen. Wenn er so verängstigt gewesen war, warum hatte er es mir nicht erzählt? Ich hasste den Gedanken, dass er vor seiner Ermordung überhaupt gelitten hatte. Genauso wie ich es hasste, dass auch Seph litt.

Da ich wusste, wie reinigend Tränen für die Seele sein konnten, ließ ich sie so lange weinen, wie sie es brauchte, und führte sie dann aus dem Flur in den Eingangsbereich. Immer noch ruhig. Immer noch leer, soweit ich das beurteilen konnte, was seltsam war. Hatte keiner vom Personal Sephs Schreie oder all die zuschlagenden Türen gehört? Keine Schüler, die heimlich nach der dunklen Stunde umherwanderten? Anscheinend nicht, oder es war ihnen egal, besonders was die beiden Erstklässler betraf, die sich den Hass von fast der Hälfte der Schule zugezogen hatten.

Nutzlose Feiglinge, alle miteinander.

„Ich hatte solche Angst, dass ich mir in die Hose gemacht habe, Dawn", murmelte Seph, den Kopf vor Scham gesenkt.

„Das ist schon okay." Ich ergriff ihre Hand und drückte sie. „Wirklich. Von mir wirst du kein Urteil hören. Wir gehen kurz in unser Zimmer und dann suchen wir die Schulleiterin, okay?"

„Das ist mir seit ich fünf war nicht mehr passiert." Sie stieß einen langen, zitternden Atemzug aus, als wir die Treppe hinaufstiegen. „Ich gehöre nicht hierher. Ich tauge nicht zur Nekromantin, wenn mein eigener Körper sich nicht mal wie ein Erwachsener verhalten kann. Ich sollte einfach gehen, ein neues Leben anfangen, so tun, als wäre ich jemand anderes."

„Nichts davon ist deine Schuld. Du bist schlafgewandelt. Das ist kaum ein Grund, die Schule zu schmeißen", versicherte ich ihr.

Die Tür der Erstklässler flog auf und ließ uns beide zusammenzucken. Dort stand Vickie, ihre eisblauem Augen verengten sich vorwurfsvoll, sobald sie uns sah. „Wohin des Weges?"

Ich knurrte leise. Genau das, was wir jetzt brauchten. „Zur Schulleiterin. Hast du sie gesehen?"

„Ihr schleicht nach der dunklen Stunde herum." Sie trat einen Schritt näher. Das Fackellicht in der Wandhalterung neben ihr tanzte strahlend über ihr rotes Haar, und ich verspürte plötzlich den Drang, meine Augen fest zu schließen. Ich hatte genug vom Feuer.

„Du auch", sagte ich.

„Vorsicht, Dawn", flüsterte Seph hinter mir, immer noch zitternd vom ersten Teil dieser schrecklichen Nacht.

„Oh." Vickie hielt sich die Nase zu. „Was ist das für ein gottverdammter Gestank?"

Wir hielten an, und ich stellte mich schräg vor Seph, damit Vickie die Nässe auf ihrem Nachthemd nicht sehen konnte. „Die Schulleiterin, Vickie. Wo ist sie?"

„Woher soll ich das wissen?" Sie hielt die Tür und nickte uns zu, durchzugehen. „Jetzt seid brave kleine Schäfchen und geht zurück in euer Zimmer."

„Hast du uns ausspioniert? Ist das der Grund, warum du in unserem Flur warst?", fragte ich, während ich zu ihr hochstieg. Hatte sie etwas mit Sephs Schlafwandeln zu tun?

Grinsend schüttelte sie den Kopf. „Ich muss dir gar nichts sagen."

„*Beantworte die Frage.*" Ich schrie so laut, dass die Wände bebten und die Tür, die Vickie festhielt, zuschlug und sie zur Seite stieß.

Ihre Augen blitzten auf, als sie näher kam. Ich blieb standhaft und starrte sie an, selbst als sich ihre Lippen zu einer wütenden Grimasse verzogen. Magie knisterte in der Luft zwischen uns, dick und schleimig und mit einem Geruch wie geronnene Milch.

„Ich muss gar nichts tun, was du sagst." Sie streckte ihre Hand aus und packte meinen Hals. Der Boden verschwand unter meinen Füßen, als sie mich hochhob und so fest zudrückte, dass ich nicht einmal einen Hauch Luft einatmen konnte.

„Lass sie runter." Seph stürmte los, aber bevor sie auch nur einen halben Schritt gemacht hatte, stieß Vickie ihre freie Hand in ihre Richtung. Sie berührte Seph nicht. Das musste sie auch gar nicht.

„*Obrigesunt*." Ein Ausbruch roter Versteinerungsmagie schoss aus ihrer Handfläche und ließ Seph die Steintreppe hinunterpurzeln.

Die ganze Treppe hinunter.

Dann absolute Stille.

Oh Götter, *nein*.

Ich wollte ihren Namen rufen, konnte aber nicht. Ich wollte meinen Kopf drehen und nachsehen, konnte aber nicht.

Ich trat nach dem Geländer hinter mir, um Halt zu finden, aber meine Stiefel fanden es vor mir. Vickie hatte mich über das Geländer gehoben, und jetzt war nichts mehr zwischen mir und der flackernden Leere darunter. Und sie hielt mich darüber, mein Leben buchstäblich in ihrer Hand.

Ich schwang meine Beine weiter aus, kratzte an ihrer Hand, schlug nach ihrem feurig roten Haar. Meine Finger bekamen es zu fassen und rissen einige Locken heraus.

„Verdammt seist du, Ersti", zischte sie.

Meine Lungen brannten und keuchten. Dunkelheit drang in mein Sichtfeld ein und verengte meine ganze Welt auf Vickies verzerrtes Grinsen. Panik riss meine Kehle hoch und blieb dort stecken, tickend mit meinen letzten vergeblichen Versuchen zu atmen.

„Die Schulleiterin und die meisten Professoren glauben, sie hätten Professor Wadluck weit weg von hier gefunden", sagte sie. „Also glaube ich wirklich nicht, dass es jemanden interessieren wird, wenn es am Montagmorgen zwei Erstis weniger gibt. Du etwa?"

Sie lockerte ihren Griff leicht. Gerade genug, um mich mit dem Schrecken des Fallenlassens zu erschüttern. Gerade genug, um einen scharfen Atemzug zu nehmen, damit ihre Worte und deren Bedeutung haften blieben.

Sie würde mich umbringen.

KAPITEL ZWÖLF

IRGENDWO IN DEN HINTERSTEN Ecken meines Verstandes, unter dem Geräusch meines sterbenden Herzschlags begraben, brach plötzlich eine Tür von oben auf.

„Vickie, hör auf", rief eine Stimme. Eine Stimme, die völlig falsch klang.

Und dann fiel ich plötzlich. Fiel meinem Tod entgegen. Meine Füße trafen auf eine harte Oberfläche, und der Aufprall ließ mich mit einem splitterndenn Krachen auf die Knie fallen. Schmerz. So viel Schmerz, aber ich spürte ihn. Was bedeutete, dass ich vorerst am Leben war. Ich sog tiefe Atemzüge ein, jeder einzelne brannte in meiner Kehle und meinen Lungen.

„Was zum Teufel hast du da gemacht?", verlangte die Stimme zu wissen. Völlig falsch, weil sie männlich war und von oben aus dem Mädchenflügel kam.

„Diese beiden eingebildeten kleinen Scheißer laufen nachts herum, als würden die Regeln nicht für sie gelten", kochte Vickie. „Ich habe ihnen eine Lektion in Sachen Respekt und Gehorsam gegenüber den Älteren erteilt. Ich wollte sie nicht wirklich umbringen."

„Lügen", versuchte ich zu sagen, aber es kam nur als Krächzen heraus. Ich sackte nach hinten und mein Kopf stieß gegen eine Steinmauer. Das Geländer. Ich lag zusammengesunken auf der Treppe, atmete und atmete noch mehr, während ich versuchte, meine Gedanken aus meinen verknoteten Gliedmaßen zu entwirren.

„Lass sie in Ruhe", sagte die Stimme, mit einem Hauch von Knurren.

Völlig falsch, männlich... und so vertraut.

Er erschien dann in meinem Blickfeld, und ich wollte fast lachen, obwohl nichts daran lustig war. Es war Ramsey, der mich mit tiefer Sorge in den Falten seiner Stirn genau betrachtete. Sein Gesicht war aschfahl, eher kränklich grün, und er sah aus, als hätte er gerade ein Rennen gelaufen. Oder er war schwer erschüttert. Zumindest tat er so und spielte seine Goldjungen-Nummer.

„Geht es dir gut?" Er streckte die Hand aus.

Ich zuckte zurück und zog jeden Zentimeter meines Körpers und Umhangs von seiner Berührung weg.

Er ließ seine Hand langsam sinken, als wüsste er nicht, was er von meiner Reaktion halten sollte, und drehte sich dann zum Fuß der Treppe. Zu...

„Oh Götter, Seph." Ich versuchte, mich auf die Beine zu ziehen, aber meine Beine machten nicht mit.

Ramsey rannte bereits zu ihr. „Sieben Höllen, Vickie, sie sind Erstsemester."

Vickie blickte mit einer schrecklichen Mischung aus Grausamkeit und Verachtung auf mich herab. „Und sie werden mich nie wieder herausfordern. Nie wieder etwas von mir verlangen. *Niemals*."

„Hast du sie verbrannt?", kniete Ramsey sich neben Sephs zusammengesunkene Gestalt und berührte ihre Schulter.

„Natürlich nicht", spuckte Vickie aus und rieb die Stelle, an der ich ihr Haare ausgerissen hatte.

Ich umklammerte sie fest in meiner Faust, außer Sichtweite, und hielt meinen Mund verschlossen, während ich ihn genau beobachtete. Er murmelte etwas über ihr, und ich kämpfte darum, wieder auf die Beine zu kommen, um ihn aufzuhalten.

„Nicht", zischte ich durch zusammengebissene Zähne.

Vickie schnippte mit den Fingern nach mir. Tatsächlich schnippte sie nach mir. „Er heilt sie, etwas, das ich gerade tun wollte, bevor er kam." Sie blickte zu ihm hinunter. „Versprochen."

Cremefarbenes Licht sickerte von Ramseys Fingerspitzen in Seph, deutlich heller als meines. Ich hatte erwartet, dass es schwärzer sein würde. Er war schließlich ein geschickter Nekromant – zumindest mit Pflanzen – und zu Mord fähig.

„Geh in dein Zimmer, Vickie", sagte er. „Ich räume dein Chaos auf."

Vickie stampfte davon, während sie etwas darüber murmelte, ihn später zu sehen. Er war mitten in der Nacht im Flur der Zweitklässlerinnen gewesen, also wie viele Freundinnen hatte dieser Typ? Und wann fand er die Zeit dafür?

Seph seufzte beim Aufwachen und flatterte mit den Augen, und Erleichterung durchströmte mich. Ihr Blick fokussierte sich auf Ramsey, der über ihr schwebte, und sie warf ihm einen tödlichen Blick zu.

„*Du*", spuckte sie aus. „Verschwinde von mir."

Sie wurde nicht ohnmächtig von seiner Anwesenheit. Also war es wirklich die Turnhalle, nicht er, die ihr die Beine wegzog, es sei denn, sie schlafwandelte.

Er richtete sich auf und hob die Hände, mit einem wütenden Zug um den Mund. „Bitte schön, dass ich dich geheilt habe."

„Ja, also..." Sie stand auf und knackte mit dem Nacken, schien wieder normal zu sein. Sogar die Haut in ihrem Gesicht sah besser aus, und ihre Tattoos waren weniger verzerrt. „Du wirst kein Dankeschön von mir bekommen, niemals. Du verdienst nicht mal den Speichel in meinem Mund auf deinen Schuhen."

„Ach wirklich?" Er wich zurück, offensichtlich unbeleidigt, und richtete dann seinen gewittergrauen Blick auf mich.

Ich hielt ihm stand, und etwas huschte über sein Gesicht, als er begann, zu mir heraufzusteigen. Etwas, das ich nicht benennen konnte, weil es nicht sein üblicher desinteressierter, hochmütiger Ausdruck war, den er für mich reserviert hatte.

„Dawn..." Seph ballte ihre Fäuste fest an ihre Seiten und marschierte hinter ihm her. „Alles okay bei dir?"

Die Antwort würde ihr nicht gefallen. Ich konnte die Blutergüsse an meinem Hals spüren, meine Stimme klang kratzig und rau, meine Knie fühlten sich an, als hätte ich mir beim Aufprall etwas gebrochen, und ich war müde. So müde. Sicher, ich hatte monatelange Wut, um zurückzukämpfen, aber jetzt war ich besiegt und gebrochen vor Leos Mörder.

Er kniete sich vor mich, Seph schwebte in der Nähe, und er streckte die Hand aus, um mich zu berühren.

Ich zuckte erneut zurück, weil ich den Gedanken nicht ertragen konnte, dass er mich berührte. Aber er musste es tun. Ich konnte mich im Moment nicht selbst heilen. Der Gedanke, den Schmerz zu ertragen, bis meine magischen Reserven wieder aufgefüllt waren, ließ mich die Zähne zusammenbeißen. Ich konnte nicht warten, also kniff ich die Augen zu, damit ich ihn nicht ansehen musste.

„Warum überhaupt?", presste ich hervor.

Ohne zu antworten, berührte er mein Knie, und ich sog scharf die Luft ein.

Warum fühlte es sich an, als würde ich meinen Bruder verraten, indem ich mich von seinem Mörder heilen ließ? Mein Herz verkrampfte sich, als eine kühlende Empfindung durch meinen Körper strömte, meinen Hals beruhigte und meine Knie heilte. Ich hasste es, dass ich seine Hilfe brauchte, genauso sehr, wie ich ihn dafür hasste, sie mir zu geben. Aber selbst als seine Magie verblasste und er sich zurückzog, änderte das nichts.

Ich würde ihn trotzdem töten.

Als ich meine Augen wieder öffnete, verfolgte sein Blick eine Träne, die meine Wange hinunterlief. Sein Gesicht war noch grüner geworden, und dieser Ausdruck war zurückgekehrt, für den es keinen Namen gab. Er wirkte fremd an ihm, als hätte er ihn vor heute Nacht noch nie getragen.

Er stand dann auf und wandte sich schnell ab, die Treppe hinuntergehend. „Geht ins Bett, ihr beiden. Es ist nach der dunklen Stunde."

Seph starrte ihm wütend hinterher. „Wir werden niemandem erzählen, dass du draußen warst, wenn du niemandem erzählst, dass wir draußen waren." Nach ein paar Sekunden Stille rief sie: „Hey, hast du mich gehört?"

Er ignorierte sie, als er den Eingangsbereich durchquerte, was Wut in Sephs Gesicht auflodern ließ.

„Wenn du ihn tötest", sagte sie mit leiser Stimme, „stell sicher, dass du ihn gründlich tötest."

„Das wird kein Problem sein." Ich hob meine Hand, damit sie mir aufhelfen konnte. Als ich wieder auf meinen Füßen stand, nur leicht wackelig, drückte ich Vickies Haar in Sephs Handfläche. „Denkst du, das wird reichen?"

„Oh, du bist gut. Das wird perfekt funktionieren." Sie konnte allerdings kein Lächeln zustande bringen, nicht nach allem, was heute Nacht passiert war.

Nicht dass ich es ihr verübelte.

Wir gingen die Stufen hinauf und schoben uns dann durch unsere Schlafsaaltür. Es machte keinen Sinn, die

Schulleiterin zu suchen, wenn sie nicht einmal hier war. Die Tür hatte immer noch ein Loch, aber ich wette, wenn ich meinen Koffer hochkant stellte und rüberschob, würde es das als vorübergehende Lösung abdecken. Der Boden war wieder ein normaler Boden, und Nebbles saß erwartungsvoll auf dem Bett und wartete auf uns.

„Mach dir keine Sorgen ums Schlafwandeln", sagte ich zu Seph.

„Nein?" Sie ging zu ihrem Schreibtisch und legte Vickies Haar darauf.

„Nein. Ich werde unsere Knöchel zusammenbinden, wenn es sein muss, und es mit einem Knoten verzaubern, den nur ich lösen kann." Etwas, das ich vorher hätte tun sollen, hätte ich gewusst, dass ihr Schlafwandeln noch nicht vorbei war.

Sie sah mich mit hellen, glänzenden Augen an und stieß einen Seufzer aus. „Das würdest du für mich tun?"

„Ja." Keine Frage, denn was auch immer hinter dieser roten Tür lag, war nicht nur für Seph schlechte Nachrichten, sondern sehr wahrscheinlich für ganz Amaria. Hinter dieser roten Tür könnte sich der Ort befinden, an dem der Onyxstein aufbewahrt wurde.

Sie nickte und ließ sich neben Nebbles auf ihr Bett plumpsen, so erschöpft aussehend, wie ich mich fühlte. „Okay. Denn ich werde Schlaf brauchen, wenn wir morgen immer noch vorhaben, mit einer Séance Antworten zu bekommen."

„HIER IST, WAS ICH über Séancen gelernt habe." Echo schloss die Tür zu unserem Zimmer hinter sich und Morrissey, und die Dutzenden schwarzen Kerzen, die überall verteilt waren, hoben die Angst in ihrem Gesicht hervor. Ich konnte schon erkennen, dass sie kein großer Fan dieser Idee war. „Wie soll ich das vorsichtig ausdrücken? Bei jeder einzelnen, an der ich teilgenommen habe, war der gerufene Geist nicht der Geist, der kam. Die bösen Geister leben absichtlich in der Nähe von Geistertüren und warten nur darauf, unschuldige Erstsemester-Mädchen zu quälen und sie durch die Tür in den Tod zu ziehen. Du denkst, ich mache Witze, aber das tue ich nicht."

„An wie vielen Séancen hast du teilgenommen?", fragte ich von meinem Platz auf dem Boden aus.

„Eine, und das war mehr als genug." Sie schauderte und richtete die aufwendig bestickten Ärmel ihres Umhangs. „Ich schwöre bei den Göttern, beim letzten Mal ist ein Geist mit seiner Hand unter meinen Umhang gefahren und hat meinen Oberschenkel berührt."

„Waren deine Augen geschlossen?", fragte Seph, die mir direkt gegenübersaß.

Echo zuckte mit den Schultern. „Natürlich."

„Waren Jungs dabei?"

„Ja."

Seph hob ihre Augenbrauen und wartete darauf, dass die Puzzleteile zusammenfielen.

Morrissey grinste, als Echo plötzlich die Erkenntnis dämmerte. Heute, es war Sonntag, wand sich eine Kette aus Zähnen durch Morrisseys Seitenzopf. Wenn sie mit mir reden würde, würde ich fragen, was es damit auf sich hatte. Ich müsste einen anderen Weg finden, um herauszufinden, was ihr Problem war.

Sie und Echo ließen sich zu beiden Seiten von mir auf dem Boden nieder. In unserer Mitte lag ein „sprechendes Brett", ähnlich dem, das wir in unserem Wahrsagelehrbuch gefunden hatten, und das wir auf eine Stoffserviette gezeichnet hatten. Das Buch hatte gesagt, es sei egal, was verwendet würde, also hatten wir uns dafür entschieden. Das Alphabet säumte die Ränder, und in der Mitte hatte Seph Ja, Nein und Auf Wiedersehen geschrieben. Genau in der Mitte hatte sie Hekates Auge gezeichnet, jetzt geschlossen. Wenn es sich öffnete, würde sich auch die Geistertür öffnen. Ein auf den Kopf gestelltes Glas stand in der Mitte, das wir alle berühren würden, sobald wir begannen. Als ich das zu Hause selbst versucht hatte, hatte ich Leos altes sprechendes Brett benutzt.

Die Wahrheit war, je mehr ich darüber nachdachte, dies zu tun, desto mehr war ich davon überzeugt, dass es eine schreckliche Idee war. Es könnte alles umsonst sein, wenn Leo nicht auftauchte, und es könnte schnell zu einem Albtraum werden, wenn jemand anderes an seiner Stelle auftauchte und keine Lust hatte, nett zu spielen.

Ein weiteres Klopfen ertönte an der Tür. Das Loch darin war irgendwann in der Nacht lautlos von einem Hausmeister repariert worden, vermutete ich. Seph und ich hatten beide geschlafen. Glücklicherweise. Mit Hilfe eines Seils, das uns buchstäblich zusammenband.

Ich stand auf, um zu öffnen, und da stand Jon mit seinen blonden Haaren so zurückgegelt, dass sie wahrscheinlich quietschten, wenn er sich bewegte. Er trug seinen Umhang offen, und darunter trug er eine einfache weiße Tunika und braune Hosen. Ein angenehm würziger Geruch ging von ihm aus, nicht zu stark, aber stark genug, um ihn zu bemerken. Ziemlich sicher war das, soweit es ihn betraf, ein Date mit Seph, und der Rest von uns war nur hier, um sicherzustellen, dass es nicht peinlich wurde.

Sein Blick glitt einfach an mir vorbei, als wäre ich unsichtbar, und sein ganzes Wesen leuchtete auf, als er Seph auf dem Boden sah. „Ich bin hier, um zu helfen."

Sie kratzte sich mit dem Daumen am Kinn und warf mir einen Blick zu, wobei ihre Wangen rot wurden. Es war meine Idee gewesen, ihn einzuladen, und ihre, ihn wieder auszuladen. Wir brauchten jedoch jede Hilfe, die wir kriegen konnten. Nicht Nebbles. Wir hatten sie in Echos und Morrisseys Zimmer gebracht, damit sie nicht durchdrehte und uns ablenkte.

„Wo willst du mich haben?", fragte Jon.

„Steh einfach erstmal Wache an der Tür", wies Seph an, während ich mich ihr gegenüber wieder hinsetzte.

Echo begann, ihren Umhang um sich zu wickeln. „Um Hilfe zu holen, wenn das alles schiefgeht?"

„Um die Kerzen wieder anzuzünden, falls sie ausgehen", sagte Seph und glättete die Serviette. „Sobald wir anfangen, dürfen wir den Kreis nicht unterbrechen. Selbst wenn jemandes Hand unter deinen Umhang gerät."

Echo seufzte. „Ich hätte eine Keuschheitsrüstung oder so was anziehen sollen."

Jon hob die Hand. „Kurze Frage, wie viele Kerzen müssen brennend gehalten werden?"

Seph nickte, abgelenkt, während sie weiter an der Serviette herumfummelte. „Ja."

„Hä?"

„Die Kerzen müssen brennen."

„*Alle* davon?"

„Alle davon." Sie sah ihn dann an, offensichtlich genervt. „Kannst du das bewältigen?"

„Ja." Er grinste, und ich schwöre, er dachte, er würde in die Sonne schauen. Er hatte es so schlimm für die Prinzessin, dass ich vermutete, er nervte sie absichtlich, damit sie ihn bemerkte. Ein genialer Plan, da er zu funktionieren schien.

Seph holte tief Luft und streckte dann ihre Hände aus, damit Morrissey und Echo sie nehmen konnten. „Okay. Bereit? Jetzt ist die Zeit auszusteigen, wenn ihr es nicht seid."

Morrissey ließ ihren dunklen Blick über uns drei schweifen und ergriff dann ohne zu zögern Sephs Hand.

„Das ist eine großartige Idee. Wirklich." Echo zog ihren Umhang fest um sich, schluckte schwer und nahm dann Sephs Hand, während sie mir ihre andere entgegenstreckte.

War ich bereit? Ich sammelte jeden Funken Mut, den ich hatte, nah an meinem Herzen, wo Leo immer sein würde. Vielleicht würde ich wieder mit ihm sprechen können, ihm sagen, wie sehr ich ihn vermisste. Dafür war ich bereit. Alles andere würde sowieso nichts ändern.

Ich ergriff Echos und Morrisseys Hände und schloss den Kreis.

„Schließt eure Augen und konzentriert euch auf die Geistertür", sagte Seph mit leiser Stimme. „Du auch, Jon."

Wir taten es, und ich stellte mir Leos Gesicht vor, den Klang seiner Stimme, während er mir seine Lieblingsheilzauber beibrachte, mir alberne Fragen stellte wie „Worüber denken Fische nach?", und wirklich zuhörte, wenn ich ihn fragte: „Möchtest du von meinen Hoffnungen und Träumen hören?"

Seph schwieg einen Moment, dann: „Ich rufe Hekate an diesem Tag an, um die Geistertür zu öffnen und uns mit den Toten kommunizieren zu lassen. Wir suchen nicht nach irgendeinem Geist zum Reden. Wir brauchen Leo Cleohold, den älteren Bruder von Dawn, die direkt vor deinem Auge sitzt. Hekate, gewährst du uns unseren Wunsch?"

Stille, bis auf das schwache Knistern des Kerzenlichts.

„Hekate, bist du da?", fragte Seph.

Die Luft veränderte sich, nicht so sehr wie eine Brise, sondern wie eine Präsenz direkt vor mir. Hekate selbst, die ihr Auge auf dem Sprechbrett öffnete. Ich wagte es nicht, nachzusehen und mich zu vergewissern. So weit war ich alleine noch nie gekommen.

„Danke, Hekate", hauchte Seph.

„Danke, Hekate", wiederholten wir anderen.

„Okay, öffnet eure Augen, alle", sagte Seph.

Wir taten es. Der Raum selbst sah nicht anders aus, abgesehen von Hekates offenem Auge, das mich aus der Mitte des Sprechbretts anstarrte, ihre Iris und Pupille komplett schwarz. Ich erschauderte.

„Wir rufen Leo Cleohold, damit er durch die offene Geistertür kommt", sagte Seph. „Leo, bist du da?"

Stille.

„Deine Schwester möchte mit dir sprechen. Gib uns ein Zeichen, dass du hier bist."

Absolut nichts.

Allerlei Ausreden und Was-wäre-wenns marschierten durch meinen Kopf, aber das eine, das Wurzeln schlug, war dies: Was, wenn er wütend auf mich war, weil ich zur Nekromantenakademie gekommen war, um ihn zu rächen? Er war immer begeistert von meiner weißen Magie gewesen, hatte mich in diese Richtung gedrängt, gesagt, ich hätte eine Begabung dafür. Aber jetzt... Jetzt war ich hier und warf Versteinerungszauber in der Bibliothek und wandelte durch die Gänge wie ein Schatten. Aber er musste wissen, dass diese scharfe Wendung seinetwegen war, für ihn war. Wenn nicht, musste ich es ihm sagen.

„Leo", sagte ich, meine Stimme zu wackelig. Ich räusperte mich und versuchte, durch den Stich von Herzschmerz zu atmen, den allein sein Name hervorrief. „Ich bin's, Dawn. Wenn du sauer bist, dass ich hier bin, verstehe ich das. Aber ich muss wirklich mit dir reden. Bitte."

Eine Brise wirbelte um mich herum in einer tröstenden Umarmung. Sie roch sogar nach ihm, nach der Wiese hinter unserem Hinterhof und dem wilden Lavendel, der dort wuchs.

Seph und Echo keuchten auf.

„Hallo, Leo." Meine Stimme brach, und eine Welle von Emotionen brach hinter einem berstenden Damm hervor. Ich konnte meine Augen oder meine Nase nicht abwischen, oder ich würde den Kreis brechen, also zerlief ich zu einer Pfütze, unfähig, wieder zu sprechen.

Eine stärkere Brise wehte mir die Haare ins Gesicht, und Rauch stieg von einigen der Kerzen auf.

„Jon?", fragte Seph leise.

„Ich kümmere mich darum", flüsterte er. Er schnippte ein paar Mal mit den Fingern.

„Wir müssen sicherstellen, dass er es wirklich ist, okay?", sagte Seph.

Ich nickte.

„Leo, wenn du es wirklich bist, musst du es uns zu unserer Sicherheit beweisen", sagte Seph. „Wir haben hier in unserer Mitte eine sprechende, äh, Serviette. Wenn Dawn kann, wird sie dir eine Frage stellen, deren Antwort nur du kennst. Wenn du sie für uns buchstabierst, werden wir wissen, ob du es wirklich bist oder nicht. Bereit, wenn du es bist, Dawn."

Ich nahm mehrere tiefe Atemzüge, um mich zu beruhigen. Warum hatte ich gedacht, der emotionale Teil davon würde einfach sein? Natürlich würde er es nicht sein, egal wie verhärtet mein Herz geworden war.

„Erinnerst du dich…", begann ich. „Erinnerst du dich an unsere Lieblingsbank auf der Wiese hinter unserem Haus? Was hast du mit einem Stein auf meine Seite geschrieben?"

Das Glas bewegte sich fast sofort von selbst und glitt über die Serviette zu den Buchstaben. Seph las die Buchstaben vor, wenn es darauf verweilte, und setzte sie dann zu Wörtern zusammen.

„Biscuit wird sich nicht von diesem… Kreis wegbewegen?", sagte sie.

Ich lachte durch einen neuen Ansturm von Tränen.

„Biscuit?", fragte Echo.

„Sein Spitzname für mich. Ich… habe eine Vorliebe für Brot, und es ist eine Art Familieninsider", gab ich zu.

„Das ist mir gar nicht aufgefallen", flüsterte Seph mit einem Lächeln in der Stimme. „Also ist er es wirklich. Frag ruhig, Dawn, aber beeil dich. Die Geistertür ist offen, und jeder kann durchkommen."

Zu viele Fragen lagen mir gleichzeitig auf der Zunge, und nicht alle hatten mit seinem Mord zu tun. Hatte er genug zu tun? Vermisste er es genauso sehr wie ich, uns auf der Wiese mit honigglasiertem Süßbrot vollzustopfen? Hatte er Frauen kennengelernt? All das war wichtig, aber die noch wichtigeren Fragen vermischten sich in meinem Kopf und purzelten in der falschen Reihenfolge heraus.

„Hat Ramsey im Schlaf gewandelt, als er dich getötet hat?", platzte ich heraus.

„*Ramsey*?", fragte Echo.

Seph brachte sie scharf zum Schweigen.

Das Glas bewegte sich zu NEIN.

Ich tauschte einen bedeutungsvollen Blick mit Seph aus. „War er besessen?"

Das Glas bewegte sich über die Serviette und ging dann zurück zu NEIN.

„Wurdest du wegen des Onyxsteins getötet?"

Die Kerzen flackerten wild, als ein eisiger Luftzug vom Boden aufzusteigen schien. Das Glas bewegte sich in einem langsamen Kreis, als ob Leo überlegte, wie er antworten sollte.

Schließlich bewegte es sich zu: JA.

Der Wind wurde stärker. Mehrere Kerzen im Raum erloschen, und Jon machte sich daran, sie so schnell wie möglich wieder anzuzünden. Das Glas wanderte hektisch über die Buchstaben, ohne sich auf einen festzulegen, während ich versuchte, meine nächste Frage zu formulieren.

„War es Ramsey, der dich getötet hat?"

Die Blicke von Morrissey, Echo und Jon bohrten sich in mich, Schock stand in ihren Gesichtern geschrieben.

Dann erloschen alle Kerzen hinter Echo auf einmal. Sie keuchte und blickte über ihre Schulter auf den Rauch, der sich wie lange, geisterhafte Finger zur Decke streckte.

Das Glas flog über die Buchstaben und blieb schließlich bei JA stehen. Dann flog es zu NEIN.

Ich schüttelte den Kopf und versuchte zu verstehen. „Was? Leo, das ergibt keinen Sinn."

Der Wind peitschte in einem Wahnsinnstempo. Immer mehr Kerzen erloschen schneller, als Jon sie wieder anzünden konnte.

Das Glas peitschte immer wieder zwischen JA und NEIN hin und her.

„Ich verstehe nicht", schrie ich über den heulenden Wind hinweg. Er blies mir die Haare ins Gesicht und in die Augen, und zwischen dem und der zunehmenden Dunkelheit im Raum durch die fehlenden brennenden Kerzen wurde es immer schwieriger zu sehen. „War es nun Ramsey, der dich getötet hat, oder nicht?"

JA. NEIN. JA. NEIN.

Echo erstarrte, jeder Muskel angespannt, mit einem Ausdruck puren Entsetzens in ihrem Gesicht, als sie geradeaus starrte. Ich sah nicht, was sie sah. Ich sah nichts außer, dass sich mein Zeitfenster schloss.

„Nein, nein, nein. Hör auf damit. *Hör auf damit.*" Echos langes blondes Haar hob sich kerzengerade über ihren Kopf, als wäre es in der Faust von jemandem hinter ihr gefangen. Aber da war niemand. Sie schrie.

Seph sah mich mit weit aufgerissenen Augen an. „Das reicht, Dawn. Wir müssen die Geistertür jetzt schließen. Jemand ist Leo gefolgt."

„Nein, warte. Ich-ich verstehe nicht, was er mit Ja und Nein meint."

Immer noch buchstabierte das Glas diese Worte, schneller als zuvor.

Echo wurde hart nach hinten in die Luft gezerrt, fast hätte es sie aus Sephs und meinem Griff gerissen. Sie schrie Zeter und Mordio, aber was auch immer sie gepackt hatte, ließ nicht los.

Ich starrte mit offenem Mund, meine Lungen zu Stein erstarrt. Jemand versuchte, sie durch die Geistertür zu ziehen.

„Beende das jetzt", schrie Seph über den auffrischenden Wind. „Sag auf Wiedersehen, um die Tür zu schließen."

„*Bitte*", rief Echo, ihre Verzweiflung bohrte Splitter in mein Herz.

Aber ich konnte das nicht beenden. Noch nicht.

„Was meinst du mit Ja und Nein?", schrie ich. „Wie kann es beides sein?"

Das Glas sauste in ein neues Muster: BESCHÜTZE STEIN.

Der heulende Wind klatschte mir wie ein physischer Schlag ins Gesicht. „Das werde ich, aber hat Ryze dich getötet?"

Mehr Kerzen erloschen und warfen Schichten von Dunkelheit über den Raum, bis ich die Augen zusammenkneifen musste. Das Glas peitschte immer wieder zwischen JA und NEIN hin und her.

„Sag mir mehr! Sag mir *irgendetwas* mehr!", schrie ich.

Echos Körper wurde erneut nach hinten gezerrt und riss uns beinahe alle mit, nur um sie festzuhalten. Sie hing in der Luft und schrie um ihr Leben, nur weil ich zu stur war, um zu wissen, wann Schluss ist.

Aber ich musste weitermachen. „Warum du, Leo? Warum wurdest du getötet?"

Das Glas bewegte sich in Richtung AUF WIEDERSEHEN.

Das war's. Er sagte mir, dass die Zeit um war, aber ich war noch nicht bereit.

Ich öffnete den Mund, um eine weitere Frage zu rufen, als eine eisige Kälte über meine Wange strich wie eine Liebkosung. Aber niemand berührte mich dort. Niemand, den ich sehen konnte. Meine Haut kribbelte. Mein Herz hämmerte in seinem Käfig.

Die kalte Berührung glitt zu meinem Kinn hinunter und verstärkte sich dann, verstärkte sich noch mehr, so heftig, dass ich sicher war, der Druck würde meinen Kiefer brechen. Ich schrie auf. Oder ich versuchte es. Aber eisige Finger, die ich nicht sehen konnte, glitten in meinen Mund und klammerten sich um meine Zunge.

Um mich daran zu hindern, Auf Wiedersehen zu sagen und die Geistertür zu schließen.

Instinktiv zuckte ich zurück, aber ich kam sicher nicht weit. Ich wand meine Zunge, um sie zu befreien, aber der eisige Druck drückte sie nur noch fester. Ich schrie, die Anstrengung war vergeblich ohne den Gebrauch meiner Zunge. Seph und Echo schrien auch, aber ich konnte meinen Kopf nicht drehen, konnte nicht hören, was sie schrien, über den Alarm, der in meinem Kopf dröhnte. Panik schoss durch meine Adern. Ich schwang meine Beine zur Seite und trat aus, obwohl nichts da war.

Ich musste mich zuerst verabschieden, da Hekates offenes Auge mich anstarrte. So funktionierten Séancen wie diese. Wenn sich die Tür nicht schloss, konnten immer mehr Geister herüberschlüpfen und uns durch die Tür ziehen. Wie Echo. Wie uns alle.

Echo zuckte mit einem Schrei zurück und riss ihre Hand aus meiner. Im letzten Moment krümmte ich meine Finger um ihre und hielt so fest ich konnte.

Jon warf eine Handvoll schwarzes Salz über mich. Etwas gelangte in meinen Mund, sogar in meine Augen. Aber es wirkte. Ich war frei.

„T-tschüss", stotterte ich, obwohl es nicht gut war. Es zu sagen zerriss mich erneut. „Ich liebe dich, Leo."

„Ich verbanne die Geister, die durch die Geistertür gekommen sind", rief Seph. „Geht jetzt zurück!"

Der heulende Wind hörte augenblicklich auf. Echo fiel zu Boden. Rauch von all den erloschenen Kerzen schwebte in spitzenartigen Bändern um uns herum. Wir saßen da, zitternd, keuchend, keiner von uns wagte es, ein Wort zu sagen.

Dann sprang Echo auf die Füße, Speichel flog von ihren Lippen, als wäre sie wild geworden, und mit Boshaftigkeit in ihren Augen machte sie die zwei Schritte auf mich zu. Ihre Faust flog und krachte gegen meinen Wangenknochen. Schmerz brauste durch meinen Schädel, und mein Kopf kippte zur Seite. Ich schlug auf dem Boden auf.

„Ich habe dir gesagt, du sollst *aufhören*", schrie sie.

Tränen stiegen auf, mehr vor Schmerz, aber auch, weil ich ein schrecklicher Mensch war. Sie stürmte aus dem Zimmer und ließ den Rest von uns in schockiertem Schweigen zurück.

Ich lag da, meine Wange an den Boden gepresst, während ich auf die Rauchkringel starrte, die immer noch von den Kerzen aufstiegen, völlig und komplett am Boden zerstört. Ich war jetzt verwirrter als je zuvor, und ich hatte eine potenzielle Freundin verloren, weil ich zu egoistisch war, ohne Antworten aufzuhören.

Und ich hatte sie immer noch nicht.

Kapitel Dreizehn

Echo weigerte sich, uns weiterhin Essen auf unser Zimmer zu bringen, was ich verstehen konnte. Ich hätte es auch nicht getan. Morrissey tat es allerdings – und Jon natürlich auch –, und ich fragte mich, ob das zu Spannungen zwischen Morrissey und Echo führte, da sie Zimmergenossinnen waren. Ich hoffte nicht.

„Wie geht's Echo?", fragte ich Morrissey, als sie am Montagmorgen unser Frühstück brachte.

Sie zuckte mit den Schultern, eine Geste, die bei ihr viel mehr Bedeutung trug als bei anderen, weil sie normalerweise jeden nur finster anstarrte.

„Es tut mir leid wegen der Séance", sagte ich ihr, so wie ich es Seph übers Wochenende unzählige Male gesagt hatte.

Das Personal war am frühen Sonntagmorgen zurückgekommen, aber ich hörte nichts von Professor Wadlucks Rückkehr und sah ihn auch nicht. Er war immer noch verschwunden. Genauso wie die Schulleiterin. Ich war losgegangen, um ihr von dem zu erzählen, was Seph und mir passiert war und von der seltsamen Stimme in der Turnhalle, aber Professor Lipskin fing mich ab und fauchte mich an, dass sie übers Wochenende weg sei. Ich fand niemanden sonst, der sich die Mühe machen wollte, mir zuzuhören.

Sephs nächtlicher Tee wurde immer noch geliefert – von Jon, da er sich ständig anbot zu helfen. Ich war froh, dass die Schulleiterin sie nicht vergessen hatte, aber Seph wollte ihn nicht trinken. Sie wollte sich an ihr Schlafwandeln erinnern, also verzauberte ich ein Seil, das unsere Knöchel nachts buchstäblich zusammenband.

Morrissey nickte und stand einen Moment lang etwas unbeholfen da. Es war das erste Mal, dass ich sie mit geöffnetem Umhang sah, und sie wirkte ohne ihn so viel kleiner. Was auf eine Art brillant war. Ich konnte spüren, dass ihre Magie mächtig war, aber auf den ersten Blick konnte man sie leicht unterschätzen. Eine Lederschnur mit mehreren Zähnen war durch den Gürtel ihres rot karierten Rocks geflochten, den sie zu einem schwarzen Pullover trug. Mit einem schwachen Lächeln drehte sie sich auf dem Absatz um und schloss die Tür fest hinter sich.

Ich starrte ihr noch lange nach, nachdem sie gegangen war, den Teller mit gebratenem, gezuckertem Brot und Würstchen immer noch in der Hand. „Warum, glaubst du, spricht sie nie?"

„Wovon redest du?", sagte Seph geistesabwesend und stellte ihren Teller auf ihren Schreibtisch. „Natürlich spricht sie."

Mir klappte der Kiefer runter. „Nicht mit mir. Was sagt sie denn?"

Seph zuckte mit den Schultern. „Nicht viel. Nur dass sie mir meine Zukunft vorhersagen würde im Tausch gegen einen meiner Zähne."

Oh, das ergab Sinn. „Nun, ich bin sicher, sie wird reden, sobald sie mir etwas zu sagen hat. Sie ist bestimmt eine tolle Mitbewohnerin, so still wie sie ist. Wünschst du dir, sie wäre deine Zimmergenossin statt mir?"

„Ich bin mit meiner ganz zufrieden, danke", sagte sie und zog ihren Teller näher, „selbst wenn sie mir die Ohren vollquatscht, aber besonders wenn sie mir die Haare unserer Feinde schenkt."

„Dito. Sogar wenn sie Substantive als Verben benutzt." Ich lächelte und blickte dann auf meinen eigenen Teller, hauptsächlich Brote und kleine Schälchen mit verschiedenen Honigsorten und Butter. Ich hatte das nicht einmal bestellt, aber Morrissey hatte es wohl einfach gewusst. Sie hatte darauf geachtet, was ich mochte.

Mein Lächeln verschwand. Wie konnte es sein, dass ich hier Leute hatte, denen ich am Herzen lag, wo meine Einschreibung doch nur ein Vorwand für Mord war? Ich betrog sie alle, und es zerriss mich, wenn ich daran dachte, was es mit denen, die ich mochte, machen würde, wenn ich von hier wegginge. Wenn ich von hier wegginge. Die gestrige Séance hatte eigentlich nichts geändert. Ramsey würde trotzdem sterben. Aber würde Seph okay sein, oder würde die Nacht sie weiterhin heimsuchen?

Seph nahm ihren Teller und schleppte sich zu meinem Bett, wo ich saß. Jetzt, da sie wusste, dass ihre nächtlichen Abenteuer keine Träume waren, weil sie auf den nächtlichen Tee verzichtete, folgte ihr eine dunkle Wolke und lastete schwer auf ihren Schultern. Ich hasste es. Ich wollte meine unbeschwerte Zimmergenossin zurück.

Aber heute war Tag sieben, genau eine Woche nach dem Tag, an dem ihr Schlafwandeln begonnen hatte. Eine Woche, genau wie bei Leo.

„Du bist wieder traurig", sagte sie.

„Eher immer noch." Ich legte meinen Kopf auf ihre Schulter, als sie sich neben mich setzte. „Ich wünschte, alles wäre wieder einfach, weißt du? Als sich das Leben noch voll und unendlich anfühlte und nicht von zu vielen Fragen erstickt wurde."

„Ja. Ich weiß." Sie legte seufzend ihren Kopf auf meinen.

„Ramsey hat meinen Bruder getötet, und da gibt es kein Ja Nein Ja Nein", sagte ich schlicht.

„Ich stimme zu." Sie hob ihren Kopf und stocherte in ihrem Essen herum. „Es gibt kein Vielleicht in dieser Sache. Oder?"

Ich stöhnte. Mein Gehirn fing an zu schmelzen, weil ich keine Ahnung hatte.

Wir sprachen beide den Zauber über unseren Tellern, und als unser Essen Essen blieb, machten wir uns darüber her.

„Willst du vor dem Unterricht in die Bibliothek gehen und etwas recherchieren?", fragte ich zwischen zwei Bissen Biskuit.

„Klar. Ich kann über Schlafwandeln recherchieren." Sie schaufelte eine Gabel voll, während sie mich aufmerksam ansah. „Und wenn Ramsey wieder da ist?"

Ich zuckte mit den Schultern und nahm eines meiner Biskuits, das noch warm war und mir fast zwischen den Fingern zerfiel. „Angreifen?"

„Ich bin froh, dass ich auf deiner Seite bin", sagte sie mit hochgezogenen Augenbrauen. „Und nicht nur, weil du mein Leben unzählige Male gerettet hast. Ich will fast genauso sehr wie du wissen, was mit deinem Bruder passiert ist und warum, damit ich nicht –" Sie brach ab, und der nächste Bissen Wurst hing schlaff in ihrer Hand.

Ich legte meinen Arm um ihre Schultern, während ich in Gedanken für sie den Satz beendete: damit sie nicht das gleiche Schicksal wie Leo erlitt.

DIE BIBLIOTHEK WAR EIN REINFALL. Es stellte sich heraus, dass ich bereits alle Bücher über den Onyxstein ausgeliehen hatte, und was die Recherche darüber anging, wie man herausfinden konnte, ob jemand jemanden ermorden konnte, aber gleichzeitig nicht ermorden konnte... Nun, die Raben hatten mich nur angestarrt, als wäre ich ein Idiot, als ich nach möglichen Büchern zu diesem Thema gefragt hatte.

Uns fehlte etwas, ein Schlüsselteil dessen, was Leo mir zu sagen versuchte. Aber was? Ich hatte keine Ahnung, denn offensichtlich stellte ich nicht die richtigen Fragen, zumindest nicht den Raben.

Dann kam mir ein Gedanke, aber nicht der, den ich wollte.

„Ach." Ich schlug mir an die Stirn. „Ich habe meine Hausarbeit über Tod, Sterben und Wiederaufleben in unserem Zimmer vergessen." Es war ein Reflexionsbericht über die Warngeschichten, die wir bisher gehört hatten, die Schriftrolle auf meinem Schreibtisch zusammengerollt, wo ich mir gesagt hatte, ich würde sie nicht vergessen.

„Komm schon." Seph packte den Ärmel meines Umhangs und zog. „Wenn wir uns beeilen, kommen wir nicht zu spät."

„Wie beeilt man sich ohne Eier?"

Kichernd eilten wir den überfüllten Flur entlang, der von Schülern wimmelte, machten einen großen Bogen um die Turnhalle und drängten uns in den Eingangsbereich. Er war verlassen, alle anderen waren bereits dort, wo sie sein mussten.

Aber etwas lag an der Seite der Mädchentreppe. Etwas, das fehl am Platz war und... falsch.

Seph blieb stehen. „Ist das irgendeine Art von Scherz?"

Ich wusste es nicht, weil ich immer noch nicht verstand, was ich sah. Es sah aus dieser Perspektive wie ein Haufen schwarzer Umhänge aus. Ich kam näher, aber Seph blieb zurück.

„Ich glaube nicht, dass du das tun solltest, Dawn."

„Warum? Es ist nur jemandes schmutzige Wäsch-" Ich hielt abrupt inne, mein Magen zog sich zusammen.

An der Seite des Haufens ragten ein Paar Arme in seltsamen Winkeln aus den Ärmeln, die Ellbogen zeigten gerade nach oben. Nicht jemandes schmutzige Wäsche. Ganz und gar nicht.

Schweiß brach auf meinem Körper aus, ließ mich gleichzeitig heiß und kalt fühlen. Mein Mund trocknete aus, hinterließ einen bitteren Geschmack und klebte meine Zunge an den Gaumen. Was genau sah ich hier?

Ich schlich näher, klammerte mich immer noch an einen Funken Hoffnung, dass dies nicht real war, dass es inszeniert war. Aber die Realität ließ diese Hoffnung verblassen. Ich sog scharf die Luft ein, ein schreckliches Gefühl von Grauen kroch über meine Haut. Eine rote Locke lugte aus einer der Falten des Umhangs hervor und verlief wie Blut entlang einer Linie zwischen den Steinen.

Seph musste in meinem Gesicht gesehen haben, was ich sah, denn ihre Stimme zitterte heftig, als sie sagte: „Daw n..."

Ich kniete mich hin, mein ganzer Körper steif und ruckartig, losgelöst von dem, was ich sah, weil ich es immer noch nicht begreifen konnte. Es war Morgen, wohl die geschäftigste Zeit des Tages... und niemand hatte gesehen, was auch immer ich da sah? Es ergab keinen Sinn, weshalb ich einen Teil des Umhangs zurückschlug.

Mein Herzschlag stockte. Geräusche entkamen meiner Kehle, Teile von Keuchen und Würgen und Worten, die keine Bedeutung hatten. Das war nicht real. Vickies Augen starrten nach oben, glasig vor Tod und ins Nichts blickend. Aber es war der Winkel ihres Kopfes, die schreckliche Verdrehung ihres Halses, die sich in meine Netzhaut brannte. Ihr Kopf lag auf dem Boden, ihre Arme über ihr gehalten... und der Rest ihres Körpers, der wie ein Wäschehaufen ausgesehen hatte...

Ich presste meine Lippen fest aufeinander, hob den Saum ihres Umhangs - und ließ ihn sofort wieder fallen und wich zurück.

Seph würgte und stolperte auf ihre Hände und Knie. Ich drückte meine Hände auf den kalten Steinboden, während der Anblick vor mir drohte, alles hochzubringen, was ich je gegessen hatte.

Vickie war nach hinten gebogen worden, fast in der Mitte durchgebrochen. Ihr Becken ragte nach oben, und ihre Beine, Schultern und ihr Kopf stützten sie wie ein Stativ.

Was war hier passiert? Ich blickte nach oben, sah zunächst nichts Bestimmtes, und blinzelte dann das Treppenhaus an. Dasselbe Treppenhaus, von dem aus sie mich hatte baumeln lassen. Hatte jemand ihr das angetan?

Ich rang nach Luft, kämpfte um jeden Atemzug, denn die Luft schien dünner geworden zu sein. Ramsey war letzte Nacht dort gewesen. Das konnte kein Zufall sein. Aber warum sie? War sie ihm heute Morgen in die Quere gekommen? Oder war dies jemand anderes' Werk?

Die Türen des Versammlungsraums öffneten sich, und heraus kam Schulleiterin Millington. Sie kam abrupt zum Stehen und starrte auf die schreckliche Szene vor ihr.

„Was-?" Sie bedeckte ihren Mund mit beiden Händen, ihre Augen füllten sich mit Tränen.

„I-Ich..." Ich schüttelte den Kopf, unfähig, etwas anderes zu tun, als dort zu knien und zu zittern.

„Wir haben sie gefunden", flüsterte Seph zum Boden, immer noch auf Händen und Knien. „Wir haben sie so gefunden."

Die Schulleiterin zog ihre Hände an ihre Seiten und ballte sie zu Fäusten, ihre Schultern bebten. „Auf eure Zimmer. Ihr beide. Ich möchte nicht, dass sich das verbreitet, bevor ich weiß, was passiert ist." Ihre Stimme zitterte.

Irgendwie schaffte ich es, meine Beine unter mich zu bringen, und mit Hilfe der Treppenhauswand kam ich auf die Füße. Mein Kopf summte zu laut. Meine Brust zog sich zu sehr zusammen, mit nichts als flachen Atemzügen.

Meine Bewegung in Richtung der Stufen fühlte sich an, als würde ich durch Honig waten. All das kam mir unheimlich vertraut vor, fast genau so, wie es gewesen war, nachdem ich Leo tot aufgefunden hatte. Der Schock betäubte bestimmte Teile von mir, aber nicht die, die am meisten schmerzten. Und das Gesicht eines Mörders war fest in meinem Kopf verankert. Denn wenn nicht er, wer dann? Sicher, Vickie hatte wahrscheinlich massenhaft Feinde, aber wie viele von ihnen konnten jemanden töten?

Außerdem war Ramsey dort gewesen, als sie mich von genau den Stufen baumeln ließ, von denen sie gefallen war.

Die mörderische Wut loderte wieder auf, als würde ich gerade meinen schlimmsten Albtraum noch einmal durchleben. Ich musste zu ihm gehen. Ihm Fragen stellen und ihn dann aufschlitzen.

Seph ergriff meine Hand auf dem Weg nach oben, ihre Anwesenheit ein Trost trotz meiner bösartigen Gedanken. Als wir in unserem Zimmer ankamen, gingen wir zu unseren jeweiligen Betten und saßen in betäubtem Schweigen. Nachdem Nebbles an Sephs Umhangschnüren gezupft hatte, um sie zum Spielen zu bewegen, gab er auf und schlief auf ihrem Stiefel ein.

„Glaubst du, es war Ramsey?", fragte Seph leise.

„Ich weiß es nicht", gab ich zu.

Seph stieß einen langen Atemzug aus. „Ich kann nicht mehr hier bleiben. Ich muss gehen, wenn es so sein wird."

Vielleicht suchte sie nach meiner Zustimmung, aber ich konnte sie ihr nicht geben. Sie hatte jedes Recht, von hier wegzugehen, mehr als jeder andere. Aber was, wenn ich es für sie besser machen könnte? Heute, bevor die Ein-Wochen-Frist ablief? Antworten finden und die Bedrohung beseitigen, damit sie sich auf ihre Nekromantie konzentrieren konnte, anstatt auf alles andere? Ich schuldete ihr das und mehr.

ZUR MITTAGSZEIT KAM EIN Schwall schriller Stimmen den Flur entlang, anstatt sich zum Gemeinschaftsraum zu begeben. Dann klopfte etwas in schneller Folge gegen unsere Tür.

Es war Morrissey, die drei Teller mit Essen zwischen zwei Händen balancierte.

„Warum geht niemand zum Mittagessen?", fragte ich und nahm ihr zwei der Teller ab.

Sie neigte den Kopf in Richtung Flur, wo weitere angespannte Stimmen zu hören waren.

Vickie. Vickie Vickie Vickie. Jetzt wussten es alle.

„Danke dafür." Ich nickte und reichte einen Teller an Seph weiter, die ihre Lippe darüber kräuselte. Er war beladen mit cremigem Kartoffelpüree, gewürzten grünen Bohnen, buttrigen Brötchen und was wie geschmortes Lamm aussah, ihr Lieblingsessen. Einige meiner Lieblingsspeisen waren auch dabei. Schade, dass ich nach dem, was heute Morgen passiert war, nie wieder essen würde.

Morrissey hob ihre Augenbrauen, als hätte ich vielleicht etwas vergessen.

„Äh, willst du reinkommen und hier essen?", fragte ich.

Sie schüttelte den Kopf und runzelte die Stirn. Dabei schweifte ihr Blick zu Sephs Schreibtisch hinter mir zur Seite. Sie erstarrte, völlig regungslos, und ich drehte mich um, um nachzusehen. Eine von Sephs Puppen lag oben auf, umgeben von Bücherstapeln, diese mit welligem roten Haar. Vickies Haar. Und die Beine, Arme und der Rücken der Puppe waren ... verdreht.

Ohne nachzudenken, schnappte ich mir die Puppe vom Schreibtisch und stopfte sie in eine der Taschen meines Gewands. Dann bereute ich es sofort, als ich den Funken Verdacht in Morrisseys scharfen schwarzen Augen sah.

Echt geschmeidig. Niemand würde je etwas von mir vermuten, besonders wenn ich so weitermachte, und ich hatte Vickie nicht einmal etwas angetan. Mein Gewissen rutschte ab, als hätte ich bereits Blut an den Händen.

Aber wer hatte das mit der Puppe gemacht ... und mit Vickie? Nicht Seph. So weit würde sie nicht gehen. Außerdem war sie den ganzen Morgen bei mir gewesen.

„Nochmals danke." Ich schloss die Tür vor Morrisseys Gesicht vielleicht ein bisschen zu schnell und drehte mich dann um.

Seph saß wieder einmal niedergeschlagen auf ihrem Bett und schien das, was gerade passiert war, gar nicht mitbekommen zu haben.

„Hunger?", fragte ich, während ich zu meinem Schreibtisch ging. Hatte sie die Puppe überhaupt gesehen? Ich hätte sie ihr zeigen sollen, aber die dunkle Wolke, die über ihr schwebte, hielt mich davon ab.

„Nein."

„Ich auch nicht."

„Ich glaube, ich gehe mal schauen, ob Morrissey mir aus einem meiner Zähne die Zukunft vorhersagen will."

„Ja. Geh. Was sollen wir sonst tun?"

„Nachdenken. Und ich bin so müde vom Nachdenken." Sie stand auf und ging zur Tür, das Fackellicht tanzte über ihren kahlen Kopf, dann hielt sie inne. „Sehen wir uns später?"

Ich nickte. „Ich werde hier sein. Und nur ein Zahn, okay? Ich mag deine, und es ist mir egal, ob das gruselig klingt."

Sie kam dann auf mich zu und warf ihre Arme um mich, drückte mich fest an sich. „Danke."

Ich umarmte sie genauso fest zurück, so fest, dass ich vielleicht alles vergessen könnte, wenn ich nur stark genug drückte. „Ich mache dir jederzeit Komplimente für deine Zähne."

„Das meinte ich nicht, du Dödel." Ihre Stimme zitterte, als sie sich löste und sich über die Wangen wischte. Ihre großen dunklen Augen funkelten, als sie mich ansah. „Wenn ich von hier weggehe, verlasse ich das Beste, was mir je passiert ist." Ein kleines Lächeln umspielte ihren Mund. „Ich rede von dir, Dawn."

Dann ging sie und ließ mich allein mit meinen Gedanken zurück. Ich hatte nicht erwartet, während meines Aufenthalts hier Freunde zu finden. Ich hatte gedacht, mein Bedürfnis nach Rache hätte mein unbeschwertes Selbst völlig verdorben und mich zu einem Fremden in meiner eigenen Haut gemacht. Wie falsch ich lag.

Ich schuldete es ihr, sie in Sicherheit zu bringen. Ich berührte mit den Fingern die tote Männerhand in meiner Tasche.

Öffne dich.

Ich könnte das jetzt sofort beenden. In gewisser Weise war das perfektes Timing. Die Junioren waren auch in ihren Quartieren eingesperrt, also war ich frei, durch die Schatten zu wandeln, da Seph wach und bei Morrissey war.

Ich zog meine Schreibtischschublade auf, um meine Todescharme aus dem Samtbeutel zu holen, der in einem Buch versteckt war – und erstarrte. Sie waren weg. Ich hatte ungefähr zwanzig davon hier drin gehabt, und jeder einzelne war verschwunden.

Meine Gedanken sprangen automatisch wieder zu Seph. Hatte sie sie genommen? Aber nein, sie hätte zuerst gefragt. Ich berührte zögernd mit einem Finger die Puppe in meiner Tasche, während sich ein heißes, öliges Gefühl in meiner Magengrube ausbreitete. Die Puppe hatte heute Morgen nicht sichtbar dort gelegen. Ich hätte mich an so etwas erinnert. Wusste jemand anderes von Sephs Form der Puppenmagie und war das der Grund für Vickies Tod? Denn Seph hätte es nicht getan. Das würde sie nicht. Selbst als Ramsey versucht hatte, mich in der Bibliothek zu überwältigen, hatte sie ihm nicht wirklich wehgetan.

Wer war also in unserem Zimmer gewesen? Dieselbe Person, die Seph immer wieder aus dem Schlaf riss? Ramsey oder ... oder Ryze?

Ich presste meine Lippen zusammen und wirbelte zur Tür herum, mein Entschluss stand fest.

Es war Zeit für Antworten.

Und wenn ich die falschen bekäme, war es Zeit für Bestrafung.

Kapitel Vierzehn

Vor meiner Tür bekam ich fast einen Herzinfarkt, als ein Rabe in einem Wirbel aus Flügeln landete. Er hatte eine Pergamentrolle im Schnabel und legte sie vor meinen Füßen ab, bevor er wieder davonflog.

Ich bückte mich, hob sie auf und rollte sie aus.

Liebe Dawn,

Vielen Dank für das schöne Elternwochenende an der Akademie für Weiße Magie. Wir hatten eine tolle Zeit.

Bitte besuch uns, wenn du kannst.

In Liebe,

Papa

Ich starrte den Brief an, ohne irgendetwas davon zu begreifen. Akademie für Weiße Magie. Elternwochenende. Aber… ich war doch gar nicht dort. Ich las den Brief noch einmal. Und noch einmal. Er war in Papas Handschrift geschrieben, aber... ich war *hier*. Wie konnten sie mich irgendwo gesehen haben, wo ich gar nicht war? Ich hatte ihm geschrieben, ihm und Mama gesagt, sie sollen nicht kommen. Aber sie waren gekommen und hatten... mich besucht. Was zum Teufel ging hier vor?

Ich verlor den Verstand. Das war es, oder? Oder war das Ramsey, der ein bisschen psychologische Kriegsführung betrieb, bevor er mich aus der Existenz löschte?

Dieser arrogante Mistkerl musste sterben.

Ich zerknüllte die Schriftrolle, steckte sie in meine Puppentasche und schlüpfte, nachdem ich mich vergewissert hatte, dass der Flur leer war, mit der Hand in die des toten Mannes.

„*Umbra deambulatio*", flüsterte ich.

Ich schmolz in die Schatten, bis ich selbst zu einem wurde. Der schwarze Stein des Flurs war die perfekte Tarnung für eine Frau mit einem versteckten Messer und einer tödlichen Absicht.

Aber bevor ich ging, musste ich noch einen kurzen Zwischenstopp einlegen. Ich ging nach links in Richtung von Morrisseys und Echos Zimmer und hielt dann inne, als leise Stimmen von drinnen drangen. Mit meinem schattenhaften Finger zeichnete ich ein Schutzsymbol auf die Tür, das laut Professor Turtle einen Alarm auslösen würde, wenn bestimmte Spannungen wie Angst oder Wut erkannt würden. Falls etwas passierte, während ich Ramsey nachstellte, musste jemand herbeirennen und helfen. Es war nicht so, dass ich Morrissey und Echo nicht vertraute. Nicht wirklich. Es war so, dass ich allen anderen nicht traute. Besonders Ramsey. Besonders den Diabolicals, die möglicherweise hier herüberkommen könnten, während ich dort Schattenwanderung machte.

Nachdem ich das letzte gekringelte Dreieck fertiggestellt hatte, ging ich und sah nicht zurück. Am Fuß der Treppe im Eingangsbereich zuckte meine Gestalt zurück, als ich mich der Stelle näherte, an der Vickies Körper gelegen hatte. Ich huschte schnell darum herum, obwohl alle Spuren des Geschehenen völlig ausgelöscht worden waren. Mein Geist füllte trotzdem alles mit lebendigen Details aus, und ein Zittern durchlief meine Dunkelheit, als bestünde ich aus Tinte.

Abgesehen von ein paar Nachzüglern, die mit dampfenden Tellern voller Essen die Treppe hinaufstiegen, schien die ganze Schule von Schülern verlassen. Im Versammlungsraum jedoch saßen die Professoren allein an den Schülertischen, keiner von ihnen aß, aber alle redeten durcheinander.

„Was könnte ihr das angetan haben?", fragte Mrs. Tentorville, die Bibliothekarin, mit einer Stimme, die sich der

Hysterie näherte. „Und keine Spur von Magie irgendwo an ihr. Es gibt keine Möglichkeit, dass ihre Verletzungen von einem einfachen Sturz herrühren."

Professor Woolery schniefte. „Das muss doch mit Henry Wadluck zusammenhängen, oder? Ist er auch tot?"

„Wir müssen die Schule schließen, bis wir wissen, wer das getan hat", sagte Professor Lipskin und schlug mit der Faust auf den Tisch.

„Das Ministerium für Strafverfolgung ist auf dem Weg. Wir werden tun, was sie uns sagen", schoss Schulleiterin Millington zurück. „Vickies Familie ist ebenfalls auf dem Weg hierher, und wir müssen ihnen gegenüber respektvoll sein, indem wir selbst nicht zu emotional werden."

Ihre Worte trafen mich von hinten und drangen bis in mein Gewissen vor. Ich war dabei, ihre Arbeit noch viel schwieriger zu machen, wenn – falls – sie eine weitere tote Schülerin entdeckten. Egal, es musste getan werden.

Vor der Tür der Juniorjungen hielt ich inne. Ich wusste immer noch nicht, wo Ramseys Zimmer war, also war ein wenig Spionage nötig. Hoffentlich würde niemand nackt sein. Oder verdammt, sollen sie doch alle nackt sein. Was kümmerte es mich? Ramsey auch, dann wäre er noch verletzlicher. Ich drückte mich durch die Schlafsaaltür und glitt in und aus mehreren leeren Zimmern. Im nächsten Zimmer war ein einsamer Junge, und es stank. Schlimm.

Selbst mit meiner Schattennase kräuselte sich mein ganzer Geruchssinn. Ich kam schnell wieder raus.

In dem Zimmer direkt gegenüber fand ich ihn.

Er saß an seinem Schreibtisch, den Rücken zu mir gewandt, und starrte an die Wand. So, wie man es vielleicht tut, wenn man hört, wie sich der Mörder unter der Tür hindurchschiebt, anscheinend.

„Ich habe mich schon gefragt, wann du auftauchen würdest", sagte er, ohne sich umzudrehen. Ohne sich zu bewegen.

Ein Hauch von Zweifel streifte mein Bewusstsein, als ich mich zurückverwandelte. Wenn er wusste, dass ich hier war, warum versuchte er nicht, mich aufzuhalten? Ich traute dem Frieden nicht, und ich traute ihm ganz sicher nicht. Ich suchte den Raum zwischen uns nach irgendwelchen Schutzsymbolen oder Teufelsfallen an den Wänden und auf dem Boden ab, aber da war nichts. Jedenfalls nichts Sichtbares.

Ich blieb still und forderte ihn heraus, einen Zug zu machen, während ich mein Messer aus meinem Stiefel holte. Mein ganzer Körper war zum Sprung gespannt, dennoch irgendwie ruhig. Bereit. Ich hatte fünf Monate auf diesen Moment gewartet, also sollte ich besser bereit sein.

„Ich weiß, warum du hier bist." Er schob seinen Stuhl zurück und begann langsam aufzustehen, dann drehte er sich zu mir um.

Es war das erste Mal, dass ich ihn ohne seinen Umhang sah, doch er trug immer noch komplett Schwarz. Die Ärmel seines zugeknöpften Hemdes waren bis zu den Ellbogen hochgekrempelt, das Hemd selbst in seine Hose gesteckt und umspannte seine breiten Schultern. Er schien nicht im Geringsten besorgt oder verängstigt zu sein, seine Haltung entspannt, sein Gesicht wie aus Stein gemeißelt, bis auf diese hochmütige Augenbraue, die halb hinter seinem zerzausten dunklen Haar verborgen war.

„Das macht zwei von uns." Ich passte meinen Griff um das Messer an.

Sein grauer Blick huschte zum Messer und wieder zurück, ohne auch nur mit der Wimper zu zucken. „Wirst du mich erklären lassen?"

„Zu deinem Besten würde ich sagen, das ist eine verdammt gute Idee."

Diese Augenbraue hob sich einen Tick höher, als er mich einen Moment kühl betrachtete. „Weißt du, wer Ryze ist?"

„Natürlich weiß ich das", schnappte ich.

„Dann weißt du, dass Leute ihm helfen, indem sie versuchen, die Steine von Amaria zu aktivieren."

„Ja, und du sollst den Onyxstein beschützen. Du und die Diabolicals."

„Du hast deine Hausaufgaben gemacht, wie ich sehe." Er hob sein Kinn und verschränkte dann die Hände hinter dem Rücken.

Ich konzentrierte mich auf jede seiner Bewegungen. „Nun, ich bin an dem Tag nicht nur in die Bibliothek gegangen, um dich zu versteinern."

„Ah", sagte er mit einem Seufzer. „Und ich nehme an, du hast die meisten Seiten herausgerissen vorgefunden?"

„Warst du das?", schoss ich zurück.

„Nein, das war ich nicht. Jemand anderes an dieser Schule, der Ryze hilft." Sein Kiefer spannte sich an, und etwas huschte wie ein Schatten hinter seinen Augen vorbei. „Jemand, der gegen die Diabolicals arbeitet."

„Um an den Onyxstein zu kommen."

Ein Nicken.

„Jemand wie du", sagte ich, mein Ton tödlich wie Gift.

Er blickte auf den Raum zwischen uns hinab, das Fackellicht aus den Wandleuchtern betonte die Schärfe seiner Wangenknochen und seines Kiefers. „In jener ersten Nacht, als ich dich hier oben erwischte, hast du mich mit ... so viel Hass angesehen, mehr als ich mir vorstellen konnte, also habe ich ein bisschen nachgeforscht." Er richtete seinen gewittergrauen Blick wieder auf mich, und sein

Gesicht wurde einen Hauch weicher. „Ich habe herausgefunden, wer du bist. Ich habe von deinem Bruder, Leo, erfahren."

Mein Magen verkrampfte sich bei der Erwähnung von Leo, und mein Verstand überschlug sich. Ich machte einen Schritt auf ihn zu. „Was meinst du damit, du hast von ihm erfahren? Was hast du herausgefunden? Wann?"

Langsam löste er seine verschränkten Hände hinter seinem Rücken und brachte seine Arme wieder an die Seiten. „Ich erfuhr, dass er für ein Vorstellungsgespräch für eine Professorenstelle hier war, und dann kam er zurück, selbst nachdem er das Angebot abgelehnt hatte." Er neigte den Kopf und musterte mich. „Kennst du Tylvia Snider? Sie ist eine Zehntklässlerin?"

Hä? Das war ja völlig zusammenhanglos. „Nein."

„In jener Nacht. In jener Nacht, als Vickie dich angegriffen hat..." Er schluckte, etwas anderes als Fackellicht huschte über sein Gesicht. „Tylvia zeigte mir in ihrer Kristallkugel Einblicke in Visionen von deinem Bruder. Eine davon war von seinem zweiten Besuch hier."

Kristallkugelmagie war selten, da die meisten Menschen nur Licht sehen, das gebrochen und reflektiert wird, aber für diejenigen, die sie nutzen konnten, war sie als eine höchst präzise Form der Wahrsagerei bekannt.

„Und?", sagte ich.

„Er sprach über Schlafwandeln, dass er das Gefühl hatte, etwas würde ihn hierher zurückrufen."

Meine Lungen zogen sich schmerzhaft zusammen, und ich bemerkte, dass ich eine Weile nicht geatmet hatte. „Das hat Schulleiterin Millington auch gesagt."

„Dawn."

Ich zuckte zusammen, als er meinen Namen benutzte.

„Ich habe deinen Bruder nie getroffen. Ich schwöre es dir. Er war ein völlig Fremder in Tylvias Visionen, aber ich glaube, dass etwas, jemand, sich an ihn geheftet hat, während er das erste Mal hier war, und nicht mehr losgelassen hat."

Genau wie bei Seph. Beide gute Menschen mit Herzen so groß wie ihre Köpfe.

„Wer?", krächzte ich. „Warum?"

„Jemand innerhalb dieser Schule. Jemand, der Ryze hilft, den Onyxstein zu bekommen, um ihn zu aktivieren", sagte er. „Er wird von mächtigen Schutzzaubern und Flüchen bewacht, aber es gibt ein Problem."

Ich hob eine Augenbraue. „Nur ein Problem?"

„Es gibt ein Schlupfloch, und es wird durch den Stein selbst verursacht. Durch die Macht in ihm. Ryzes Macht. Sie ruft die Menschen, flüstert ihre Geheimnisse und verdirbt von Natur aus gute Seelen." Er wedelte vage mit der Hand in der Luft. „Denkst du, dein Bruder war der Erste?"

„Mein Bruder war nicht verdorben."

„Nein, aber er wäre es geworden, wenn er diesen Stein berührt hätte, der mit Ryzes dunkelsten Kräften gefüllt ist."

„Also hast du ihn ermordet, bevor er es konnte."

Sein Mund wurde zu einer dünnen Linie, und der Sturm, der in seinen Augen braute, wurde dunkler. „Ich war es nicht. Ich schwöre es. Ich weiß, was du glaubst gesehen zu haben, Dawn. Ich habe es auch in der Kristallkugel gesehen. Aber ich war es nicht."

„Du warst es", zischte ich. Wut entflammte in meinem Bauch wegen seiner Lügen. Warum konnte er nicht einfach zugeben, was er getan hatte?

„Nein, es war eine Kopie von mir", beharrte er.

Ich öffnete den Mund, um Bullshit zu rufen, schloss ihn aber wieder. Eine Kopie...

Vielen Dank für das schöne Elternwochenende an der White Magic Academy. Wir hatten eine tolle Zeit.

Aber warum sollte jemand eine Kopie von mir an der White Magic Academy machen?

„W-was meinst du?", fragte ich.

„Ich meine einen Gestaltwandler."

Ich schüttelte heftig den Kopf. „Das ist sogar noch dunklere Magie als—"

„Schattenwandeln. Ich weiß, und man braucht ein Auge von einem zufälligen Zwilling, um die Welt als jemandes Zwilling zu sehen. Ich dachte zuerst, du wärst in den Plan verwickelt, den Stein zu bekommen." Sein Blick suchte mein Gesicht ab, ein Ausdruck der Verzweiflung verzerrte seine Züge. „Jetzt sehe ich, dass ich mich geirrt habe."

Er log. Das Ministerium für Strafverfolgung hatte bestätigt, dass es keine Spur von Magie um meinen Bruder gab, weder dunkle noch andere, und bei einem Gestaltwandler wäre das der Fall gewesen. Es gab keine Möglichkeit, die Signatur der Magie zu blockieren, denn selbst ein magischer Block hatte eine Signatur. Er versuchte, mich in die falsche Richtung zu lenken, weg von ihm.

„Du denkst, dieser Gestaltwandler hat Vickie getötet? Hat etwas mit Professor Wadluck angestellt, um an den Stein zu kommen?", fragte ich.

Er seufzte und fuhr sich mit der Hand durchs Haar. „Ich weiß es nicht. Alles, was ich weiß, ist, dass ich nie jemanden getötet habe, und dass es nicht sicher ist, irgendjemandem an dieser Schule zu vertrauen."

So ein geschmeidiger Lügner, dieser Kerl. Kein Wunder, dass er alle mit seinem Aussehen eines goldenen Jungen und seiner samtigen tiefen Stimme, die mich an kristallisierten Honig erinnerte, täuschte. Ich ließ mich davon kein bisschen täuschen.

„Also braucht Ryze jemanden mit einer guten Seele, um den Onyxstein zu aktivieren." Ich zuckte mit den Schultern, als wäre es egal. „Und dann?"

„Nun, das müsstest du ihn wohl selbst fragen, aber ich vermute, es wird für den Rest von uns kein Zuckerschlecken, genau wie damals vor all den Jahren."

Also Sklaverei, Folter und Nekromantie der menschlichen Art. Das würde schnell hässlich werden. Ich hatte keinen Zweifel daran, dass jemand Ryze half, aber nichts von dem, was Ramsey bisher gesagt hatte, bewies, dass er es nicht war.

Ich machte einen Schritt näher. „Du hast schwarzes Salz, um Magie zu entziehen, und die Diabolicals, um Leute zu quälen, also warum nutzt du diese Dinge nicht, die dir zur Verfügung stehen, um herauszufinden, wer dieser Gestaltwandler ist?"

Er blickte wieder auf mein Messer und schien mich genauso genau zu beobachten, wie ich ihn beobachtete. „Die Diabolicals und ich haben seit Schulbeginn mit schwarzem Salz nach jedem Schüler und Mitarbeiter geworfen. Wir haben nichts gefunden."

Weil der Gestaltwandler keine Magie hatte, die man entziehen konnte. Aber wie konnte man ein Gestaltwandler ohne Magie sein? Wie er gesagt hatte, brauchte man das Auge eines Zwillings, so wie ich die Hand eines toten Mörders brauchte. Es gab keine Möglichkeit, das ohne Magie zu tun. Genauso wie es für mich keine Möglichkeit gab, ohne Magie schattenzuwandeln oder Nekromantie zu praktizieren. Falls ich überhaupt nekromantisch begabt war. Was bedeutete, dass nichts von dem, was Ramsey sagte, wahr war. Er versuchte, sich mehr Zeit zu erkaufen, mich im Kreis zu drehen, bis ich anfing, an allem zu zweifeln.

Es würde nicht funktionieren.

„Du glaubst mir nicht." Seine Augen verengten sich, während sie mein ganzes Gesicht musterten.

„Gute Beobachtung."

Er nahm eine leicht breitere Haltung ein, seine Schultern spannten sich an. „Und jetzt?"

„*Jetzt*?" Oh, er wusste es ganz genau. Ich streckte meine Hand für den Versteinerungszauber aus. „*Obrigesunt*."

Der orange Ball schoss aus meiner Handfläche, aber er wich ihm mühelos aus, kein verdammtes Haar außer Platz.

Ich ließ meinen Arm sinken und knirschte mit den Zähnen, ein heftiges Zittern durchlief mich.

„Was noch?" Er krümmte die Finger beider Hände in meine Richtung, doch statt der üblichen Arroganz in seinem Gesicht sah er völlig ausdruckslos aus. Überhaupt nicht so, wie er aussehen sollte, wenn ein Mörder in seinem Schlafsaal war. Ich wollte, dass er Angst hatte und zuckte und bettelte. Ich wollte, dass er sich entschuldigte und *nicht so gelangweilt aussah*.

Mit einem Laut, den ich noch nie zuvor gemacht hatte, stürmte ich los, mein Dolch erhoben. Er bewegte sich so anmutig wie Wasser, packte meine Messerhand, wie er uns beigebracht hatte, einen Schlag in P.P.E. abzuwehren, drehte sich und bog mein Handgelenk zurück, um mich zum Loslassen zu zwingen. Ich wirbelte jedoch weg, aber er stürmte schon auf mich zu. Die Wucht seines Körpers nutzend, schlug er meine Hüfte gegen die Kante des Schreibtisches, sodass ich endlich das Messer losließ. Er fing es mit der Geschwindigkeit eines Raubtiers aus der Luft auf. Ich schrie vor Schmerz auf. Vor Wut.

Er drängte sich nah heran, sperrte mich mit seinem Körper gegen seinen Schreibtisch ein, während er versuchte, meine wild um sich schlagenden Arme zu bändigen. „Hör auf, Dawn, bitte." Sein Atem strich zu heiß über meine Stirn, und ich wand mich noch heftiger. „Ich kann Tylvia finden. Sie kann dir zeigen, wo ich in der Nacht war, als dein Bruder starb."

„Er wurde ermordet!", schrie ich dem Mistkerl direkt ins Gesicht. „*Du* hast das getan!"

Sein ausdrucksloser Gesichtsausdruck verwandelte sich für den Bruchteil einer Sekunde in etwas, das ich nur als Mitleid beschreiben konnte. Eine Sekunde zu lang, um meinem schnellen Knie zwischen seine Beine auszuweichen. Er ließ mich sofort los, sein scharfes Einatmen ließ die wachsende Dunkelheit in mir lächeln.

Da seine Aufmerksamkeit abgelenkt war, riss ich ihm die Klinge weg, drehte sie um und stieß sie direkt auf seine Kehle zu. Er wich aus, gerade so, und fiel flach auf den Rücken auf sein Bett. Ich sprang auf ihn und nagelte ihn unter mir fest, rittlings auf seinen Hüften, mein Messer bereits an seiner Kehle.

Aber ich konnte sein Gesicht nicht klar sehen. Mir wurde bewusst, dass ich weinte. Warum nur, wo ich doch gewonnen hatte? Ich könnte ihn jetzt töten und es wäre vorbei. Ich könnte meine Rache haben. Eine Art Abschluss für den Mord an meinem Helden finden.

Stattdessen würgte ich hervor: „Entschuldige dich."

„Es tut mir leid", sagte er, hielt meinen Blick fest, und er klang ... aufrichtig? „Es tut mir leid, dass ich die Diabolicals auf dich und deine Zimmergenossin gehetzt habe. Es tut mir leid, dass Vickie dein Essen in Käfer verwandelt hat." Dann drehte er seinen Kopf in Richtung seines Schreibtisches und gewährte mir noch mehr Zugang zu seiner Kehle.

Ich zögerte jedoch, weil etwas in meinem Hinterkopf pochte. Ein paar Teile, die nicht ganz passten. Wie die verdrehte Puppe und Vickies Tod. Wie meine Existenz an der White Magic Academy, während ich hier war.

Wie zum Beispiel, warum Ramsey, ein Magier, der Macht und Stärke ausstrahlte, sich nicht wehrte.

Aber noch lauter als das waren die Schritte, die vor der Tür dröhnten.

Ich folgte Ramseys Blick. Dort, auf der Unterseite seines Schreibtisches gezeichnet, leuchtete ein Schutzsymbol, ähnlich dem, das ich auf Morrisseys und Echos Tür gezeichnet hatte, um Seph zu schützen. Das mit dem Alarm, wenn die Spannungen stiegen. Ramseys Symbol pulsierte rot, als würde es lautlos Alarm schlagen. Meine Wut musste es ausgelöst haben.

Eine leichte Berührung strich über die Tränen auf meiner Wange und umfasste sie dann sanft. „Es tut mir so leid, Dawn. Ich kann dir helfen, den wahren Mörder deines Bruders zu finden, aber das kann ich nicht, wenn du mir nicht vertraust."

Seine Tür flog auf, und im flackernden Fackellicht des Raumes stand Schulleiterin Millington mit etwa einem

Dutzend vermummter Diabolicals hinter ihr. Ihr Kiefer klappte herunter, als sie mich mit einem Messer an Ramseys Kehle sah.

„Was...?" Und dann fiel ihr Blick auf meinen Umhang. Oder genauer gesagt auf das, was daraus hervorlugte.

Die Puppe, die in meiner Tasche gewesen war. Vickies Puppe, mit einer langen, roten, sehr auffälligen Locke, die aus ihrem Kopf heraushing, und ihrem Hals und ihren Gliedmaßen, die in unnatürlichen Winkeln verbogen waren.

Das sah nicht gut aus. Das sah überhaupt nicht gut aus. Es sah aus, als wäre ich der Mörder, der die Nekromanten-Akademie heimsuchte, obwohl ich es nicht war.

Und ich war gerade erwischt worden.

Über den Autor

Lindsey R. Loucks ist eine preisgekrönte *USA Today*-Bestsellerautorin für paranormale Liebesromane, Science-Fiction und zeitgenössische Liebesromane. Wenn sie nicht mit jemandem, der zuhört, über Bücher spricht, erfindet sie ihre eigenen Geschichten. Irgendwann gibt ihr Gehirn auf und sie spielt Verstecken mit ihrer Katze, fällt ins Schokoladen-Koma oder schaut sich alleine im Dunkeln Gruselfilme an, um neue Kraft zu tanken.

www.lindseyrloucks.com/deutsch

Milton Keynes UK
Ingram Content Group UK Ltd.
UKHW020754231024
450026UK00001B/20